www.tredition.de

AF196009

Katharina Günther

# Hedi war hier

Eine Geschichte über Wut, Trauer,
Hoffnung und Liebe.

© 2020 Katharina Günther

Verlag und Druck:
tredition GmbH, Halenreie 40-44, 22359 Hamburg

ISBN
Paperback:    978-3-347-10066-4
Hardcover:    978-3-347-10067-1
e-Book:       978-3-347-10068-8

*Für Hedi*

*...unseren Stern, unsere Kämpferin.*

*Wir werden uns wiedersehen.*

## UNSER 11. SEPTEMBER

„Es sieht leider nicht gut aus." Der Satz, der unsere Welt zum Einsturz brachte und uns unsere Zukunft raubte.

„Es sieht leider nicht gut aus."

Zuerst dachte ich, der macht doch nur einen schlechten Scherz. Er will uns doch sicher nur sagen, dass es doch ein Junge wird und meine Gynäkologin sich vertan hat! Ein paar Stunden später erzählt mir Arndt, dass er dasselbe gedacht hat.

Aber: „Es sieht leider nicht gut aus" ist weder ein Scherz noch die Korrektur des Geschlechts. Der Satz geht weiter an diesem Tag, dem 11. September 2019. „Es sieht leider nicht gut aus. Ihr Kind weist schwere Fehlbildungen auf."

Danach nichts mehr. Stille. Nichts geht mehr. Ich versteinere. Starre den Arzt an. Dann den Ultraschall-Bildschirm, auf dem nichts mehr zu sehen ist. Immer noch liege ich mit bloßem Bauch da, darauf das Ultraschall-Gel. Es fühlt sich nicht richtig an, dass mich keiner zudeckt.

Der Arzt spricht weiter. Was er genau sagt? Ich weiß es ehrlich gesagt nicht mehr. Irgendwas mit „Herzfehler, Loch in der Scheidewand, ein zu runder Kopf, Fehlstellung der Füßchen und Fingerchen." Und dann die Worte, die für uns bislang so unwahrscheinlich waren – bislang! Aber jetzt in diesem Moment plötzlich mehr als nur wahrscheinlich wurden: „Trisomie 18".

Das passiert hier gerade nicht wirklich, denke ich. Ich kann nichts sagen. Starre nur ungläubig vor mich hin. Ich höre, wie

Arndt seine Stimme wiederfindet, den Arzt etwas fragt. Bis heute weiß ich nicht mehr, was es war.

Nochmal nimmt der Doktor des Grauens - so taufe ich den Pränataldiagnostiker genau in diesem Moment – das Ultraschallgerät und beginnt uns all die Fehlbildungen unseres Kindes zu zeigen.

Fehlbildungen? Defekte? Fehler? Das Kind, das wir so lieben wollten, längst schon lieben, soll Fehler haben? Fehler? Dieses Wort passt nicht zu unserer Tochter. Unsere Tochter ist das Beste, das Schönste, aber bestimmt nicht ein Fehler oder fehlerhaft. Alles, was ich auf dem Ultraschall sehe, sieht normal aus: Die Füße, die Hände, das Köpfchen, ihre süße Stupsnase, ihre gespitzten Lippen, als mache sie einen kleinen Kussmund. Doch genau das soll alles nicht normal sein?

Die Lippen, die Nase, angeblich seien sie verdickt oder miteinander verwachsen. Das Nasenbein zu klein. Das alles sei nicht normal.

Wie bitte? Das sieht alles total normal aus. Nichts ist zu klein, zu rund, zu was weiß ich. Ich kann nicht glauben, was der Arzt sagt. Was ich sehe, ist mein süßes Mädchen im Ultraschall. Mein Mädchen, dass in etwa 18 Wochen auf die Welt kommen soll.

Der Arzt fragt uns was. Aber ich bin wie gelähmt. Arndt beschreibt es später als „regelrecht versteinert." Ich kann nicht reden, bringe kein Wort über die Lippen. So als würde dann, sobald ein Wort meine Lippen verlässt, alles echt werden, was gerade gesagt wurde. Dabei ist es längst alles echt. Komplett echt…

Ganz in echt bringt uns der Arzt in ein anderes Zimmer. Wir sollen über eine Fruchtwasserentnahme nachdenken, heute noch.

Warum? Unsere Kleine ist doch krank, wie er schon gesagt hat. Schwer krank. Sterbenskrank, das hat er doch schon längst ausgesprochen. Wozu diese Fruchtwasseruntersuchung? Nur damit sich dieser selbstverliebte Arschloch-Arzt selbst beweisen kann, was für ein guter Diagnostiker er ist? Er sagt, er braucht die Entnahme für die Gewissheit der Diagnose. Der Diagnose von ... Wieder sagt er sie, die Worte, die unsere Welt zum Einsturz brachten: Trisomie 18.

18. Ich frage mich auf einmal – ganz irrational und unwichtig in diesem Moment – ob ich die 18 je wieder mögen werde. Je in einer Hausnummer 18 wohnen werde? Oder ein Trikot kaufe mit der Nummer 18 drauf. Den 18. Geburtstag meiner Tochter kann ich ja schonmal nicht feiern, wenn der Arzt recht hat.

18. Zum Glück kommt diese verfickte Zahl in meinem Alltag nicht allzu oft vor. Bislang. Bis jetzt. Fuck 18.

Arndt fragt den Arzt tausend Dinge. Er scheint irgendwie zu funktionieren. Es ist seine Art, den Schock wegzureden. Er fragt, ob das Kind nicht doch eine Chance hat, ob sich noch alles zum Guten wenden kann, ob man das Herz operieren, die Krankheit irgendwie behandeln kann. „Die Chance liegt bei weniger als einem Prozent", lautet die unverblümte, sachliche, direkte, emotionslose Antwort des Arztes. Er kann ja nichts dafür, aber ich hasse ihn. Dafür. Und einfach, weil er es war, der sagen musste: „Es sieht leider nicht gut aus."

## HEDI - SÜSSE KÄMPFERIN

Der Moment, als mir klar wird, wie unsere Tochter heißen soll, ist der Moment der Fruchtwasserentnahme. Als diese riesige Nadel in meinem Bauch steckt und ich plötzlich unfassbare Angst um meine kranke Tochter habe. Ich spreche zu meinem verstorbenen Vater. „Papa, du musst jetzt aufpassen auf sie. Auf unsere kleine Maus. Pass auf …!" Und dann war er da … Der Name: „Pass auf Hedi auf", denke ich, als der Arzt mir mein Fruchtwasser entnimmt.

Ja, Hedi soll sie heißen. Was wir zu diesem Zeitpunkt noch nicht wissen: Hedi bedeutet süße Kämpferin. Wie passend der Name ist, werden wir erst die nächsten Wochen merken.

Hedi stand schon, neben 3-4 weiteren Mädchennamen von Beginn an auf unserer Namensliste. Eigentlich schon seit Florenz. Seit Arndt in unserem letzten Urlaub in einer florentinischen Weinbar diesen wunderschönen, seltenen Namen durch Zufall entdeckte. Als wir vor 11 Monaten in der Toskana über die Zukunft sprachen, die wir da noch hatten. Als wir uns vorstellen konnten, einfach nicht mehr zu verhüten, es einfach passieren zu lassen. Und es war passiert – nur 6 Monate nach Florenz.

Und jetzt, weitere 5 Monate später liege ich da in der übergroßen, sterilen Praxis eines Pränataldiagnostikers und habe eine Nadel im Bauch. Eine Nadel, die Gewissheit geben soll, über etwas, was längst ausgesprochen ist: Hedi ist unheilbar krank. Sterbenskrank.

Ich hatte große Angst vor der Fruchtwasser-Entnahme. Trotzdem habe ich zugestimmt. Schweigend, versteinert habe ich nur genickt. Was kann schon noch Schlimmeres in diesem Moment passieren, habe ich gedacht. Alles besser, als noch einmal hierher kommen zu müssen, in diese Praxis des Grauens. Denn das ist sie. Diese weiße, hochmoderne, viel zu schicke und viel zu große Praxis.

Ich zittere. Ich weiß nicht warum. Ist mir kalt? Oder ist es die Angst? Oder der Schock? Mein Bauch wird schon wieder entblößt. Dass ich zittere, scheint aber niemanden zu interessieren.

Ich will mir den Arm über meine Augen legen, einfach nichts sehen. Aber ich darf es nicht, sagt der Arzt. Meine Hände müssen neben meinem Körper liegen. Nicht mal Arndt darf in meiner Nähe sein. Er ist unsteril, sagt der Arzt. Weit weg in diesem großen Praxisraum platziert der Doc des Grauens ihn auf einen Stuhl. Dabei brauche ich ihn gerade jetzt in meiner Nähe. Seine Hand, die meine hält. Aber ich muss da allein durch.

Der Arzt setzt die Nadel an, ein riesen Teil direkt neben meinen Bauchnabel. Ich starre an die Decke. Weine stille Tränen. Bete zu meinem Vater. Das ist der Moment, als aus unserer bis dahin noch namenlosen Tochter Hedi wird.

Die Arzthelferin hält mir die Hand. Ich kann einfach nicht aufhören zu zittern. Nachdem der Arzt mein Fruchtwasser hat, will er auch noch Nabelschnurblut. Gierig wie ein Vampir, denke ich. Wofür denn, du hast doch schon das Wasser?!

Er sticht wieder zu. Diesmal aber macht Hedi ihm einen Strich durch die Rechnung. Sie legt sich einfach VOR die Nabelschnur. Innerlich muss ich kurz grinsen, über meine listige, eigensinnige Tochter, die offenbar so dickköpfig ist, wie Arndt und ich. Eine süße Kämpferin eben.

Der Art versucht trotzdem mit der Nadel um Hedi herum an die Nabelschnur zukommen. Es tut unfassbar weh. Aus meinen stillen Tränen wird lautes, schmerzhaftes Weinen. Endlich bricht er den Versuch der Entnahme ab. „Das Fruchtwasser reicht auch", sagt Doktor Grauen. Ach auf einmal, denke ich wütend. Und wofür dann diese Tortur mit den extra Schmerzen? Gott, wie ich diesen Arzt hasse. Ich will einfach nur hier raus. Nach Hause. Mich verkriechen. Doch der Arzt hat uns noch was zu sagen: „Sie müssen sich entscheiden, was Sie nun tun wollen! Austragen oder Einleiten!" Wie bitte? denke ich. Wie soll ein Mensch das entscheiden.

„Denken Sie darüber nach. Sie dürfen ab dem dritten Tag nach der Diagnose die Schwangerschaft abbrechen" erklärt uns der Arzt, „überlegen Sie nicht allzu lange."

Ich bin schockiert Die Schwangerschaft abbrechen? In 3 Tagen? Oder austragen? Entweder-oder? Gibt es denn nichts dazwischen? Doch das gibt es. Nur wissen Arndt und ich das zu diesem Zeitpunkt noch nicht. Unser einziges Glück in diesen Momenten ist es, dass wir das meiste ganz unterbewusst und intuitiv entscheiden. Das hat uns am Ende zwei weitere Monate mit unserer Tochter geschenkt.

Dann reicht uns Doc Grauen zum Abschied die Hand, murmelt irgendwas von „Wünsche Ihnen viel Kraft" und das wars. Mehr nicht. Dabei schaut er auf seinen Schreibtisch, statt uns in die Augen. Feigling.

Ich will da nur noch raus. Weg von dieser Praxis. Arndt fährt. Mein Auto, womit ich eigentlich weiter zur Arbeit wollte – es war ja „nur" eine Routineuntersuchung - lassen wir stehen.

## MAMA WERDEN ODER NICHT?

Zuhause beginnt das Gedankenkarussell in meinem Kopf. Was nun? Wie geht es weiter? Was machen wir? Sollen wir wegziehen? Untertauchen? Ein neues Leben beginnen? Alles ist so wirr, so anders als noch vor 2 Stunden. Ich schäme mich. Schäme mich für die Krankheit meiner Tochter. Dafür, dass ich es nicht vermag, ein gesundes Kind auf die Welt zu bringen.

Alles prasselt auf mich ein. Alles dreht sich. All diese unvorstellbar quälenden Fragen: Was sollen wir jetzt machen? Wie sollen wir uns entscheiden? Das Baby austragen? Die Geburt einleiten? Was ist danach? Wird sie wirklich sterben? Oder hat sie eine Chance? Leben erhalten oder Leben beenden? Beerdigen, Einäschern? Ich bin so durcheinander. Alles passiert gefühlt auf einmal in meinem Kopf. Ich fühle mich ausgeliefert. Und ich weiß, die Gedanken werden mich noch so oft quälen. Immer und immer wieder.

Die Erinnerungen an den Tag des Schwangerschaftstest kommen zurück. Jede einzelne Vorsorgeuntersuchung ist wieder präsent – jedes Detail.

Und dann die Frage: Werde ich wieder schwanger werden? Will ich es überhaupt noch mal und wenn ja: Wird es überhaupt klappen? Darf ich das überhaupt denken, jetzt wo Hedi in meinem noch Bauch lebt?

Ich fühle mich schuldig. Und frage mich: Bin ich zu alt für eine Schwangerschaft? Bin ich zu egoistisch gewesen? War mein Lebensstil vor der Schwangerschaft zu ungesund? Schließlich habe ich vorher gelebt wie eine partysüchtige

Studentin im Körper einer 38-Jährigen mit einer Minimum 50 Stunden Arbeitswoche. Habe ich mein Gen-Material selbst zerstört? Ist es Zufall was Hedi hat oder wird es wieder passieren? Nur eine von vielen tausend Fragen, die mich quälen. Jetzt und auch noch die nächsten Wochen. Auf eine dieser Fragen werde ich bald eine Antwort bekommen, wenn die Ergebnisse der Fruchtwasseruntersuchung vorliegen. Und zwar auf die Frage: Ist Hedis Krankheit Zufall oder tragen Arndt oder ich kaputtes Genmaterial in uns.

Mein Kopf ist voll und gleichzeitig leer. Ich will etwas tun und bin doch wie gelähmt. Nur Aufschreiben meiner wirren Gedanken geht gerade. Und dummerweise lesen. Das wohl dümmste, was mir jetzt einfallen kann, ist es Internetartikel über Trisomien, Wahrscheinlichkeiten, Ursachen zu lesen. Immer wieder steht da: Das Alter der Mutter! Je höher das Alter der Mutter, desto höher die Wahrscheinlichkeit....

Wahrscheinlichkeit, immer dieses Wort Wahrscheinlichkeit! War sie doch so gering. Bis heute. Dachten wir zumindest. Jetzt ist sie es nicht mehr. Jetzt ist aus „unwahrscheinlich" und „selten" Realität geworden.

Ich bin doch nicht die erste und einzige 38-Jährige, die ihr 1. Kind erwartet. War ich, bin ich verantwortungslos? Sollte ich den Gedanken, nochmal schwanger zu werden, direkt abhaken?

Doch während ich alle wirren Gedanken hin und her schiebe, über die Krankheit lese und meine Gefühle niederschreibe, vergesse ich wenigstens mal kurz den Schmerz um meine sterbenskranke Tochter in meinem Bauch. Aber ich weiß, er ist nur kurz mal weg, er wird wiederkommen. Immer und immer wieder. Und auch das Gefühl, dass uns heute - an diesem 11. September 2019, unserem ganz eigenen 11. September – unsere Zukunft genommen wurde.

Werde ich wieder glücklich? Irgendwann?

Ich muss daran denken, was mir oft vor der Schwangerschaft durch den Kopf ging: „Brauche ich ein Kind, um glücklich zu sein? Warum gilt in unserer Gesellschaft die ‚Familiengründung' als das A und O? Bin ich als Frau ohne Mutter zu sein weniger wert? Wird mein Leben unerfüllter sein ohne Kind?". Diese Fragen gingen mir schon vorher oft durch den Kopf.

Denn lange Zeit hatte ich geglaubt, dass es zum Frausein dazu gehört, ein Kind zu haben. Ich meine, viele meiner Freunde, meine Geschwister, so viele leben es mir Tag für Tag vor. Und ich? Ich war bis jetzt immer die „Andere" oder die „Späte", die „ewig Unvernünftige", die „nicht-Erwachsenwerden-wollende-Lebefrau". Muttersein schrieben sie mir nicht zu, dachte ich zumindest immer. Ehrlich gesagt, traute ich es mir selbst manchmal nicht zu. Falsche Zeit, falscher Mann, zu viel und zu gerne gearbeitet und gefeiert, was auch immer. Bis ich Arndt getroffen habe. Da wusste ich: Ich will doch Mama werden. Kann es mir doch vorstellen, mein Leben von Grund auf zu ändern. Meine Freiheiten für ein Kind einzutauschen.

Aber Angst hatte ich trotzdem davor. Angst vor allem davor, mich auf den Wunsch einzulassen, weniger davor Mutter zu werden. Es war die Angst, gar nicht erst schwanger werden zu können und enttäuscht zu werden. Deswegen habe ich mich auch nie wirklich auf den Gedanken eingelassen. Immer versucht, es mir nie bewusst zu wünschen. Nie damit zu rechnen. Ich redete mir ein: „"Wird wahrscheinlich eh nicht klappen." Zu alt, zu verbraucht, zu verlebt, zu zu zu…… einfach zu unwahrscheinlich. Und da war es wieder, dieses Wort: Wahrscheinlich. Diese UNWAHRSCHEINLICHE WAHRSCHEINLICHKEIT, sie begleitet scheinbar mein Mamawerden, oder es eben nicht werden.

Insgeheim hatte ich mir also schon längst eine Zukunft ohne Kind ausgemalt. Nur ich, zusammen mit Arndt und der Welt und ihrer Freiheit da draußen: Leben, arbeiten, Karriere machen, reisen, genießen, egoistisch sein.

Das fühlte sich alles auch gar nicht falsch an. Und unerfüllt kam es mir auch nicht vor. Und trotzdem haben wir uns gesagt: „Naja komm. Lass es uns drauf ankommen lassen. Soll das Schicksal entscheiden." Gerechnet habe ich nie damit. Aber das Schicksal hat entschieden. Ich wurde schwanger. Am 19. Mai hielt ich den Beweis in den Händen: Es war der Tag meines positiven Schwangerschaftstests.

Mein Leben stand Kopf. All die Pläne ohne Kind standen Kopf. Unsere Beziehung stand Kopf. Weil wir tatsächlich nicht damit gerechnet hatten. Ich kann nicht sagen, dass Hedi zu Beginn das klassische Wunschkind war. Aber trotzdem: Ich war schwanger und seitdem haben wir uns gefreut. Auf ein Leben mit ihr. Sie ist zu unserem Wunschkind geworden. Und jetzt – 5 Monate später… steht wieder alles Kopf.

Jeder Moment der Schwangerschaft, jede Erinnerung ist jetzt wieder präsent. So nah, als wären sie erst gestern gewesen. Und doch habe ich Angst, diese Erinnerungen verlieren zu können. Auch die nicht so erfreulichen…. Wie Arndt' erste Reaktion damals nach dem Schwangerschaftstest: „Scheiße!" hatte er gesagt. Seine Angst war begründet. Wollte er, der aus seiner ersten Ehe schon 4 Kinder hat, noch eins? Packen wir das? Auch finanziell?

Doch dann kam unsere erste gemeinsame Ultraschalluntersuchung unseres kleinen Krümels. So haben wir unsere Tochter immer genannt und tun es immer noch. Den kleinen Krümel das erste Mal zu sehen, das Herz zu hören- schon in der 8. Woche, es war überwältigend. Und da wussten wir: Ja wir wollen es. Wir wollen dieses Kind. Unbedingt. Alle Zweifel waren weggeblasen.

Stolz habe ich das winzige Krümelchen auf dem Bild betrachtet. Es war ja auch noch nicht mehr als ein Krümel, 1,4 cm klein, ein undefinierbarer Körper. Aber es war unser Kind. Und das Herz schlug - laut und schnell und eroberte unsere Herzen.

## WAHRSCHEINLICH ODER UNWAHRSCHEINLICH?

Hätten wir mehr tun müssen, mehr tun können? Ich muss daran denken, als meine Ärztin uns über die Nackenfaltenmessung und eine Fruchtwasseruntersuchung informierte. Das war in der 11. Woche der Schwangerschaft. Wir haben den Flyer über die Untersuchungen mit nach Hause genommen. Uns über die Krankheiten, die da aufgelistet waren, informiert. Down Syndrom, Trisomie 21. Das kannten wir. Trisomie 18, das Edwards Syndrom, davon lasen wir zum ersten Mal. Auch über Trisomie 13. Es waren traurige und bis auf die Trisomie 21 fast hoffnungslose Krankheitsbilder. Aber unsere Entscheidung stand ziemlich schnell fest. Nein, wir machen das nicht. Keine Nackenfaltenmessung. Was soll sie bringen? Nur Angst und Sorge. Nur Wahrscheinlichkeiten, die uns ausgerechnet werden. Klarheit hätten wir erst mit einer Fruchtwasserentnahme. Aber die Gefahr dadurch verfrühte Wehen zu bekommen und damit eine Fehlgeburt zu riskieren, war uns zu hoch. Nein, wir waren uns sicher: Auch ein krankes, behindertes Kind werden wir lieben und annehmen. Und außerdem, die Wahrscheinlichkeit, dass uns eine dieser Trisomien trifft, war so verschwindend gering. Wieso sollten gerade WIR in diese Gruppe der unfassbar unwahrscheinlichen Wahrscheinlichkeiten fallen? 1:2000, 1:30.000. Als ob WIR und unser Kind diese eine Zahl sind, unter diesen Wahrscheinlichkeiten. Nein. Wir nicht. Unser Gefühl sagte uns: Das wird uns nicht passieren. Unser Kind wird gesund. Man glaubt einfach an das Gute. Zumindest war es bei uns so.

Und jetzt stehen wir da und sind diese eine Zahl unter vielen. Sind diese unwahrscheinliche Wahrscheinlichkeit. In der 22. Woche ist sie wahr geworden und jetzt wir fragen uns: Hätte es was geändert, hätten wir diese Nackenfaltenmessung doch gemacht? Wahrscheinlich – und schon wieder dieses Wort – nicht. Nein, keine Untersuchung hätte etwas geändert. Wir hätten auch bei einem negativen Ergebnis nicht abgetrieben, glauben wir. Wir hätten weiterhin das Beste gehofft. Es hätte nichts geändert... Nicht damals und auch heute tut es das nicht. Es ist sinnlos sich zu fragen, was wäre gewesen, wenn. Oder „Warum wir?". Vielmehr quält mich die Frage: „Wie soll es weitergehen? Was sollen wir jetzt tun?"

Nur in meinem Bauch geht es unserer Tochter gut. Nur dort ist Hedi lebensfähig. Sie hat keine Ahnung von ihrem Schicksal. In meinem Bauch ist ihre Welt in Ordnung. Für sie ist alles so wie es ist richtig! Sie weiß nichts von dem, was sie draußen erwartet. In mir ist die Kleine sorglos, schmerzfrei, ja wahrscheinlich sogar glücklich. Sie strampelt und bewegt sich. Jeden Tag spüre ich sie. Seit der 18. Woche. Bei jeder Untersuchung haben die Ärzte gesagt: „Was für ein aktives Kind!".

„Oh man", haben wir gedacht. „Die kommt nach mir, immer in Action. Was werden das für schlaflose Nächte!?" Und ich hätte jede einzelne davon geliebt. Mich auf den kleinen, schreienden Hosenscheißer gefreut, dessen Windeln ich jetzt nie wechseln werde.

Und trotzdem: Ich bin stolz auf unsere kleine Kämpferin. Mit ihrer Aktivität zeigt Hedi uns jeden Tag: „Hey, ich zeige der Natur und dieser scheiß Krankheit den Stinkefinger". Denn eigentlich zeigen Kinder mit Trisomie 18 schon im Bauch kaum Kindsbewegungen, heißt es. Nicht unsere Tochter. Die kleine Kämpferin versucht es ernsthaft mit dieser Krankheit aufnehmen. Wenn sie überhaupt ahnt, dass sie krank ist. Ich bin stolz auf sie und gleichzeitig zerreißt es mir das Herz, dass sie ihren Kampf verlieren wird.

Ich heule hemmungslos.

## DER MORGEN DANACH

Das erste Mal aufgewacht. Das erste Mal mit dieser Diagnose. Es war also kein Alptraum. Alles ist immer noch real. Das Gefühl heute Morgen ist kaum mit irgendetwas anderem zu vergleichen. Ja, auch beim Liebeskummer kommt der Schmerz nach einer traumlosen Nacht zurück. Aber das hier ist anders. Unsere Tochter kann nicht ersetzt werden, wie ein Ex. Ich habe nicht das Gefühl, dass es eine Zukunft gibt. Hoffnungslosigkeit ist alles, was ich fühle. Ich bin gefangen in einem Alptraum, der Realität geworden ist. Nur dieser unbesiegbare Schmerz. Ich kann mir nicht vorstellen, dass er jemals wieder gehen wird. Ich fühle mich mehr nach sterben, als nach leben. Ich will einfach nicht aufstehen, nicht weitermachen. Womit auch, warum auch?!

Und trotzdem quäle ich mich aus dem Bett. Am Vormittag versuchen wir mein Auto aus der Stadt zu holen, was noch immer in der Nähe der Praxis des Grauens steht. Doch selbst für so einfache Aufgaben, bin ich nicht in der Lage. Ich bin unfähig zu handeln, zu denken, geschweige denn ein Auto zu fahren. Als wir in der Stadt ankommen, kann ich es nicht ertragen unter Menschen zu sein. Die Stadt ist so voll. Alle wirken so normal. Nur bei mir ist nichts normal. Ich verstecke meinen Bauch. Schäme mich für ihn. Und auch Hedis Bewegungen bringen mich gerade an den Rand des Wahnsinns. „Hör auf!", denke ich „hör bitte auf. Es bringt doch eh nichts. Du quälst nur dich und mich."

Es fühlt sich an, wie Gefangensein im eigenen Körper. Mit einem Bauch, der jedem da draußen Leben signalisiert und doch Tod bedeutet. Ich ertrage die Blicke der anderen Menschen auf der Straße nicht. Bilde mir ein, dass jeder mich anstarrt. Ich will hier nur weg, mich nur verstecken. Ich habe einen Weinkrampf als ich im Auto sitze. Bin unfähig den Schlüssel zu betätigen. Arndt setzt mich also wieder in seinen Wagen. Er will mich wieder nach Hause bringen. Dann klingelt sein Handy. Es ist dieser Arzt, der Pränataldiagnostiker. Es geht um die Fruchtwasseruntersuchung. Der Schnelltest habe seinen Verdacht bestätigt, sagt er Arndt am Telefon.

Wieder fällt dieses böse Wort. Mein Unwort des Jahres: „Trisomie 18". Wir mussten zwar damit rechnen, aber trotzdem bricht erneut meine Welt zusammen. Still fließen meine Tränen.

Wir müssten uns nun langsam entscheiden, sagt der Arzt. Einleiten oder Austragen. ...

Wieso so schnell? Und wie sollen wir das jemals entscheiden? Wer um Himmels willen kann jemals so eine Entscheidung treffen? Das ist einfach nur grausam. Widerlich. Abartig.

Wir sollen uns melden, wenn wir eine Entscheidung getroffen haben. 3 Tage nach dem Testergebnis sei ein Abbruch der Schwangerschaft kein Problem. Dann ist das Telefonat beendet. Wie bitte? Glaubt er wirklich, diese Aussage helfe uns weiter?

Arndt bringt uns an den Rhein. Raus aus der Stadt mit den vielen Menschen. Wir sagen nichts, sitzen nur da und schweigen. Ich schaue Kindern und ihren Großeltern zu, wie sie spielen. Dabei fühle ich nichts. Nicht mal Schmerz. Nur Leere. Unsere Tochter wird sterben, egal was wir tun. Es gibt keine Hoffnung. Egal ob wir einleiten oder austragen.

Später zuhause öffne ich eine Flasche Wein. Die erste seit dem 19. Mai. Seit dem Tag des Schwangerschaftstests.

## PROST IHR MORALAPOSTEL UND GUTMENSCHEN

Ja, ich trinke Wein. Gruß an alle, die jetzt denken: „Wie kann sie nur! Sie hat doch ein Baby im Bauch!"

Ach, echt? Kaum zu glauben, aber DAS WEISS ICH!!!

Aber kann ich das Leid meines Babys noch größer machen? Kann ich ein Leben zerstören, dass längst zerstört ist? Ich scheiß auf all die Moralapostel und Gutmenschen da draußen, die jetzt mit dem Kopf schütteln, mein Handeln verurteilen. Ihr wart sicher noch nicht in meiner Situation. Euer Denken ist doch nur bestimmt von den Konventionen dieser Gesellschaft. Und darin tut jeder brav das, was von ihm erwartet wird. Doch nichts ist so, wie ich es erwartet habe. Ich will euch Besserwisser und Möchtegern-Gutmenschen mal sehen, wenn ihr in meiner Situation steckt. Tut ihr gerade nicht? Dann haltet die Klappe!

Es ist zum Kotzen. Wie viele dumme, egoistische, verantwortungslose Schwangere trinken eigentlich während sie ihr Kind erwarten? Saufen im wahrsten Sinne bis der Arzt kommt? Nehmen Drogen und Rauchen und bekommen trotzdem gesunde Kinder! Und ich? Ich habe doch alles richtig gemacht von Tag 1 an. Keinen Schluck Alkohol mehr, keine Kippen... Beides fiel mir leicht. Für mein Baby hätte ich auf noch vieles mehr verzichtet. Habe ich auch: Auf mein geliebtes Sushi, auf mein geliebtes Medium-Steak. All das hatte ich aus meinem schwangeren Leben verbannt.

Und? Wie viele Schwangere gibt es, die das nicht tun? Die trinken, rauchen, essen was sie wollen. Und am Ende halten sie doch einen süßen gesunden Schreihals im Arm?! Das ist doch nicht fair.

Also kommt mir nicht mit Moral und erhobenen Zeigefinger. Ich muss, nein, ich will sogar gerade egoistisch sein. Ich schreibe das hier nicht, um meine Situation schönzureden. Das was ich schreibe, ist die unverblümte grausame Wahrheit. Nichts für oder über Gutmenschen. Denn ich bin ganz sicher keiner. Und kann sie auch nicht leiden.

In diesem Sinne: Ich kann auch als Egoistin meine ungeborene Tochter lieben. Wem das hier nicht gefällt, soll doch an dieser Stelle aufhören zu lesen. Denn hier steht meine Realität: Mit Kippen und Alkohol und widersprüchlichen Gefühlen, wie Neid, Missgunst, Liebe, Hass und Hingabe.

Und überhaupt: Als ob ein bisschen Wein meine neue Realität noch brutaler machen könnte. Ganz bestimmt nicht. Er kann sie aber für einen winzigen Moment vielleicht erträglicher machen ... zumindest für mich. Also: „Auf Hedi!" Sie ist meine Tochter. Sie wird mich verstehen.

Denn wer's vergessen hat: Ich werde keine Mutter-Tochter-Abende in der Zukunft haben, an denen ich mit Hedi und einer Flasche Wein über das Leben philosophiere. Ich werde sie nie trösten, wenn sie Liebeskummer hat oder mit ihr auf das Leben anstoßen. Mit ihr zusammen lachen, weinen, Weintrinken.

Dann eben jetzt! Auf Hedi.

## FLUCHT IST AUCH KEINE LÖSUNG

Heute ist Tag drei nach der Diagnose. Der bislang erträglichste Tag. Arndt und ich fahren zu meiner Frauenärztin. Auch sie sei von der Diagnose überrascht worden, sagt sie. Auch sie habe nicht damit gerechnet. Mehrfach habe sie die Untersuchungsergebnisse der letzten Monate durchgesehen. Nichts sagt, sie. Nichts war auffällig oder hätte ihr Sorgen bereitet. Die Überweisung zum Pränataldiagnostiker sei reine Routine gewesen, weil es mir mit über 35 zustehe. Sie gibt mir ihre Handynummer. „Für alle Fälle", sagt sie. Sie fahre in den Urlaub. Ich denke nicht, dass ich sie dort kontaktieren werde. Aber ich bin ihr unendlich dankbar, dass ich es könnte.

Apropos Urlaub.

„Lass uns wegfahren. Ich will hier raus mit dir." An Tag vier packt Arndt mit mir die Sachen. Er will raus aus der Wohnung. Hofft auf Hilfe durch den berühmten Tapetenwechsel. Aber kann der uns diesmal auch helfen? Unsere Tochter heilen kann er schon mal nicht.

Es geht nach Holland, drei Stunden später sind wir am Meer. Von unterwegs buche ich eine Pension. Die Stimmung zwischen Arndt und mir ist entspannt. Fast schon fröhlich. Wir freuen uns auf die Auszeit, auf ein bisschen Ablenkung. Doch wir werden noch merken, dass uns nichts von der Diagnose ablenken kann. Sie verfolgt uns auch ans Meer.

Am Abend kommen wir an. Die Sonne geht gerade unter. Für September ist es noch warm und am Strand ist recht viel los. Das erste Mal seit vier Tagen kann ich die vielen Menschen ertragen. Hier und jetzt am Strand fühlt es sich auf einmal so an – das erste Mal seit dem 11. September – als gäbe es doch eine Zukunft. Ein Leben, nach dem Leben mit ihr, unserer geliebten Tochter.

Doch das Gefühl ist nur von kurzer Dauer. Schon am nächsten Tag ist der Horror zurück. Als wir unsere Familien von der Diagnose informieren. Darüber reden können wir nicht. Stattdessen schreiben wir eine lange SMS und bitten die Familie, uns Zeit zu geben.

Als die ersten Reaktionen auf dem Display aufblinken, halte ich den Schmerz nicht mehr aus. Ich schnappe mit eine Flasche Wein und versuche ihn zu ertränken. Meiner todkranken Tochter habe ich damit sicher nicht noch mehr geschadet, dafür aber mir und Arndt. Denn statt den Schmerz zu lindern, verursache ich nur noch mehr Schmerz. Ich schreie rum, weine laut. Ich schlage mit Worten und Ungerechtigkeiten förmlich um mich. Ich habe einfach Angst, dass wir niemals mit unseren Gefühlen klarkommen werden. Und irgendwann einer von uns auf der Strecke bleiben wird.

Dazu gesellt sich eine neue Angst. Die Angst vor dem endgültigem Testergebnis der Fruchtwasseruntersuchung. Bislang haben wir ja nur das Ergebnis des Schnelltests. Das endgültige aber liefert auch Gewissheit darüber, ob wir Hedis Gendefekt in uns tragen. Dann wäre die Zukunft wirklich verloren. Das würde bedeuten, dass ich, dass wir nicht mehr schwanger werden dürfen. Und dass wir schuld sind an der Krankheit unseres Kindes. Der Hass auf den Arzt des Grauens ist zurück: Ich will aus irgendwelchen irrationalen Gründen nicht, dass er zuerst weiß, wie das Testergebnis lautet. Er soll nicht VOR MIR wissen, wie meine Zukunft aussehen wird und ob ich Schuld an Hedis Erkrankung hab. Es fühlt sich an, wie ein Eingriff in meine tiefste Privatsphäre und gerade dieser Arzt soll keine Einblicke bekommen. Doch ich werde es nicht verhindern können. Er wird vom Labor als erstes die Testergebnisse bekommen und uns dann erst anrufen. Irgendwann in den nächsten eineinhalb Wochen.

Ich bin heute so voller Hass auf die Welt. Heute möchte ich nicht mal meine Tochter spüren. Ich würde sie am liebsten einfach vergessen. Nicht mehr an sie denken. Heute ist das Kind in meinem Bauch nur „das Kind". Ohne Namen, ohne Geschlecht. Heute will ich mich nicht fragen, was das Beste für es ist. Was wir tun sollen oder was es wollen würde. Heute will ich nur ich sein und nur an mich denken. Die Bewegungen des Kindes vergessen, wegdenken, weg schreiben. Ich hasse das Kind nicht, ich will nur einfach nicht dran denken heute. Bislang hat das Kind die Hauptrolle gespielt. Heute spiel ich sie.

Und wie ich sie spiele. Ich bin so unfair zu Arndt. Unerträglich unfair. Er versucht alles, um mich abzulenken. Geht mit mir zu Strand, geht mit mir was trinken. Aber ich block' alles ab. Jeden Versuch seinerseits, mir Hoffnung zu geben.

Weil ICH einfach keine Zukunft sehe. Nur Ungerechtigkeit und Leere. Wozu weitermachen. Für was? Für wen? Ich werde kein Kind haben, für das ich die Verantwortung trage. Ich bin nur mir gegenüber verantwortlich. Ich weiß, dass das allen Menschen gegenüber, die mich lieben unfair ist. Besonders Arndt gegenüber. Der nur versucht für mich dazu sein. Der alles, aber auch wirklich alles versucht, um es mir gerade recht zu machen. Der mir jeden Wunsch versucht von den Lippen abzulesen. Und was tu ich? Ich weise ihn zurück. Ich zerfließe regelrecht in Selbstmitleid. Aber ich kann nicht anders. Hat es Arndt nicht sogar einfacher als ich, frage ich mich gerade. Er hat noch seine 4 Kinder aus erster Ehe. Er MUSS weitermachen. Er kann. Er darf. Weil er für andere verantwortlich ist. Aber ich? Für wen soll ich weitermachen. Neue Hoffnung schöpfen? Für meine Familie? Jeder von denen hat doch seine eigene Familie. Dafür beneide ich sie und hasse sie zugleich. Und mich hasse ich noch mehr dafür, dass ich so denke.

## ÜBERMUTTIS

Ich habe Erfahrungsberichte gelesen, von anderen Paaren, die in dergleichen oder einer ähnlichen Situation stecken wie wir. Oh man, bei den meisten Erzählungen bekam ich das große Kotzen. Was sind das denn für Übermuttis, die in so einer Situation wie unserer behaupten, nicht in Hass, Neid und Missgunst zu verfallen.

Ich habe von einer jungen Frau gelesen, dessen ungeborener Sohn auch die Diagnose Trisomie 18 bekam. Diese Frau hat geschrieben, oder schreiben lassen, wie sie regelrecht zur Übermutti wird.

Sie beschreibt, dass es für sie selbstverständlich sei, ihren Sohn bis zur natürlichen Geburt auszutragen. Als bestünde nie ein Zweifel daran. Bullshit. Natürlich hat man Zweifel, ob es besser ist abzubrechen oder auszutragen. Rein egoistisch schon, fragt man sich doch automatisch, ob der Schmerz schneller vergeht, wenn man die Geburt sofort einleitet. Aber diese Dame in dem Bericht behauptet, sie habe nie Zweifel gehabt. Stattdessen beschreibt sie die Zeit bis dahin ausführlich und als wäre es ein schöner Spaziergang. Sie erzählt, wie sie ihrem Ungeborenen vorliest, vorsingt, ja sogar fröhlich feiern geht mit ihrem Mann....

Na klar, total happy, oder was? Wer soll das denn glauben? Sie die Übermutti, ich die Rabenmutti, oder was? Weil ich nicht weiß, was wir tun sollen, weil wir nicht sofort wissen, was das Richtige ist. Weil ich nicht so bin wie die?

Wahrscheinlich wollen solche Übermuttis, die sterbenskranke Kinder austragen, Müttern wie mir auch noch klar machen, dass sie ganz ohne Neid und Missgunst auf andere Familien sind. Und beim Anblick anderer Mütter mit gesunden Kindern nicht denken: „Geh mir aus den Augen! Oder am besten verschwinde gleich auf den Mond."

Nein, die wollen uns weis machen, sie freuen sich noch für die anderen. Als ob. Die machen sich doch was vor, ganz ehrlich. Dieser Schmerz ist so unerträglich, so unvorstellbar, so ungerecht und das Leben steht einfach still, ohne einen Funken Hoffnung, dass es unglaubwürdig wirkt, wenn man plötzlich fröhlich schwanger feiern geht oder sich auf die Geburt des kranken Kindes freut, statt – wie ich, fürchterliche Angst davor zu haben.

Was will diese Mutter in diesem blümeranten Artikel Müttern wie mir eigentlich weis machen? Was will sie erreichen? Mut machen? Hoffnung geben? Das funktioniert bei mir aber nicht. Ich will nicht weitermachen. Ich will mich verkriechen, wenn ich schon nicht ungeschehen machen kann, was uns gerade geschieht.

Ich fühle mich von solchen Frauen vorgeführt. Sie hinterlassen bei mir ein schlechtes Gewissen. Weil ich nicht so selbstlos bin und handle. Nicht einfach so weitermachen kann, für das Kind. Was mit mir? Für mich ist es die Hölle.

Denn ich merke jeden Tag aufs Neue: Ich kann nichts für die Kleine tun... und gerade will ich es auch nicht. Stattdessen will ich mich in meinem Schmerz vergraben. Und was würde diese Supermutti dazu sagen? „Kopf hoch, tanzen? Es ist für dein ungeborenes Kind?" Ne meine Liebe, heute nicht.

Was bist du bloß? Ein Roboter, der programmiert ist auf „ist alles nicht so schlimm, das Leben geht weiter"?

Gerade nicht.

Ich wünsche mir stattdessen alle Schwangeren, Babys und Kinderwägen ans andere Ende der Welt. Ich wünsche ihnen nichts Böses. Ich will sie nur nicht sehen. Ne, ich bin keine Übermutti. Ich bin eine mit echten Gefühlen und die sind scheiße und egoistisch.

An diesem Tag, als ich über alle Übermuttis fluche, weiß ich noch nicht, dass auch ich bald für meine Tochter singen werde, zusammen mit Arndt, der auf der Gitarre spielt. Nur ein paar Wochen später.

Doch jetzt in diesem Moment, frage ich mich noch wütend, ob diese Mutter aus dem Artikel, wirklich die Wahrheit schreibt oder sich einfach ihre Wahrheit gemacht hat?!

Apropos Übermuttis. Beim Ultraschall in der Uniklinik, in der wir uns eine 2. Meinung einholen, fällt unter anderem die Aussage, dass auch ich krank werden könnte, wenn ich das kranke Kind austrage. Denn mein Körper würde ständig versuchen den Fötus zu schützen und sich damit selbst schaden. Die Folge könnten Bluthochdruck und eine Schwangerschaftsvergiftung sein. Die Aussage der Ärztin kam für uns völlig überraschend. Ich hatte ja keine Ahnung. Meine Gesundheit riskieren für ein totkrankes Kind?

Ja, diese Übermuttis würden wahrscheinlich darauf scheißen, was mit ihnen ist und nur das Beste für ihr Kind wollen. Ein Kind das eh zum Sterben verurteilt ist. Ich stattdessen habe mich direkt gefragt: selbst krank werden? Für meine Tochter, die eh sterben wird, egal was ich tu? Ist das der richtige Weg?

Ich liebe mein Kind, über alles, schon jetzt, doch nützt es der Kleinen überhaupt nichts, wenn ich auch krank werde. Oder?

## WARTE AUF HEILUNG

Die Tage seit der Diagnose sind so lang. Auch die erträglichen, die besseren Tage. Warum ist da so? Worauf warte ich, dass es so lang dauert bis ein Tag um ist. Warte ich ernsthaft auf die Heilung meiner Tochter, auf ein Wunder? Oder einfach nur darauf, dass der Schmerz besser wird?

Normalerweise fliegen die Tage doch? Sagt man doch immer. Doch seit 5 Tagen fliegt hier gar nichts mehr. Wenn überhaupt fliegen nur die Fetzen.

Und während ich jetzt jeden Tag auf den Abend warte, frag ich mich wozu? Damit ich am nächsten Morgen wieder aufwache und merke, dass alles immer noch so ist, wie am Tag zuvor. Wahrscheinlich warte ich darauf, dass meine Seele heilt und nicht mehr so weh tut, wie jetzt.

## ICH HAB´ GERÄUMT VON DIR

Ich habe heute Nacht von Hedi geträumt. 6 Tage nach der Diagnose. Meine Tochter hatte ein Gesicht. Eine Persönlichkeit. Sie war nicht nur ein Fötus auf dem Ultraschall.

In dem Traum war ich bei einer Untersuchung in der Uniklinik. Allein. Ich bekam einen Ultraschall und danach Fotos davon. Nur eben nicht diese typischen Ultraschallbilder. Sondern richtige Fotos von meiner Tochter. In Kleidung. Auf einem der Bilder saß sie in einem Kinderwagen, auf anderen war sie auf meinem Arm oder saß auf meinem Schoss. Zwar war sie in dem Traum auch krank, auch unheilbar krank. Aber man sah es ihr nicht an. Sie war einfach nur ein kleines süßes Mädchen mit braunen, kinnlangen Haaren und einer Spange im Pony. Sie trug eine pinke Jacke und pinke Gummistiefel, - ok not my style, aber so war der Traum - und ich war mit auf den Bildern. Ich lachte, war glücklich.

Wäre das unsere Zukunft gewesen? So hätte Hedi mit etwa einem Jahr, anderthalb ausgesehen, wenn sie gesund zur Welt kommen dürfte?

Was will mir der Traum sagen? Dass es eine Zukunft gibt? Eine, in der Hedi zwar krank, aber lebensfähig ist? Oder hat er nichts zu bedeuten.

Was auch immer, ein Gutes hatte er: Er hat mir wieder einmal gezeigt, dass unsere Tochter ein Gesicht hat. Eine Identität. Dass sie mehr ist als nur ein ungeborenes, krankes Kind im Bauch einer schwangeren Patientin.

# ES IST EIN MÄDCHEN!

Es ist Anfang September, der 2., um genau zu sein, neun Tage vor der Schockdiagnose, als wir erfahren, dass wir ein Mädchen erwarten. Es ist der Tag, an dem wir den zweiten sogenannten großen Ultraschall bei meiner Frauenärztin haben. Da bin ich in der 20. Schwangerschaftswoche.

Eigentlich wollte ich das Geschlecht gar nicht wissen, aber Arndt war so ungeduldig und so aufgeregt. Er wünschte sich so sehr eine Tochter. Seine erste Tochter. Trug zuhause sogar rosafarbene Spangen im Haar, fürs Mädchen-Karma. Er war sich sicher, diesmal – nach seinen 4 Jungs - wird es ein Mädchen. Er sollte recht behalten.

Als meine Gynäkologin die Untersuchung abgeschlossen hatte, fragte sie noch: „Wollen Sie wissen was es wird?" Ich fragte, ob sie es denn gesehen hätte. Sie grinste nur und meinte: „Haben sie denn nichts gesehen?" Neee, dachte ich. „Also wissen Sie was es wird?", fragte ich zurück? Die Ärztin nickte nur. „Na komm dann hauen Sie schon raus. Arndt will es unbedingt wissen" erwiderte ich.

Und dann zeigte sie es uns im Ultraschall. „Wie Sie sehen, sehen sie nichts!" sagte sie nur. „Also ist es ein Mädchen?", fragte ich. Und sie nickte und grinste breit. Und Arndt. Ja der rastete komplett aus, hüpfte durch die Praxis und jubelte laut wie ein Fußballer nach dem Tor und machte dabei die Strike-Bewegung. „Ich kann es doch. ich kann es doch." rief er laut. Ja seine Theorie war bewiesen: Jungs machen Jungs, Männer machen Mädchen.

Glücklich verließen wir die Praxis. In der einen Hand das Ultraschallbild unserer Tochter und in der anderen eine Überweisung zum Pränataldiagnostiker „Reine Routine. Kein Grund zur Sorge", hatte meine Ärztin gesagt. Sie sollte leider nicht recht behalten...

## HEUL DOCH

Wir wollen uns Hilfe holen. Meine Ärztin hat uns Beratungsstellen, wie Pro Familia oder Donum Vitae empfohlen. Die hätten Erfahrung mit Paaren, die lernen müssen, mit so alleszerstörenden Diagnosen umzugehen.

Ok. Wir machen also etwa 10 Tage nach der Diagnose einen Termin bei so einer Beratungsstelle aus. Dabei hab ich noch gar nicht das Gefühl, dass ich reden will. Aber ok, wer weiß was die Leute, die da arbeiten draufhaben. Oder was sie für uns tun können. Mit dem was ich dann erlebe, hab ich allerdings überhaupt nicht gerechnet.

Die Dame, die uns die Tür öffnet, ist mir sofort unsympathisch. So ne klassische Ökotante, mit zerzausten Locken, ohne Haarfarbe und Schnitt.

Sie wirkt blass, unscheinbar, unfähig, verwelkt. Alles, aber so gar nicht Kraft, Zuversicht und Mut ausstrahlend. Man könnte glauben, SIE habe die Diagnose bekommen, ein krankes Kind auszutragen, nicht ich.

Und dann macht sie den Mund auf. Oh Gott, was das denn? Dieser weinerlichen Stimme kann ich echt nicht eine Stunde lang zu hören. Mit wem hat sie Mitleid, mit uns oder mit sich selbst?

Also gut, bring es hinter dich, denke ich.

Arndt und ich setzten uns in das Beratungszimmer. Sie uns gegenüber. Und dann geht es los. Sie zu Arndt, als wäre ich Luft: „Oh, Ihrer Frau geht es wohl noch gar nicht gut."

Hallo, ich bin anwesend!!! Und äh nein, mir geht es nicht gut. Ich habe vor 10 Tagen erfahren, dass meine Tochter stirbt. Obwohl sie mich gar nicht angesprochen hat, entgegne ich: „Also Sie müssen mich jetzt nicht behandeln, als wäre ich unmündig."

Sie wendet sich an mich: „Sie sind doch noch nicht bereit zu sprechen, oder?" Äh hallo, wir sitzen gerade erst ein paar Minuten hier und ich habe schon was gesagt. Alte, denke ich. Rede nicht mit mir als wäre ich ein kleines Kind, was bockig in der Ecke sitzt und nicht mitspielen will. Idiotin.

Danach schweige ich. Fast die gesamte Stunde, die wir da sind. Zum Glück ist Arndt dabei und übernimmt das Reden. Oder die Ökotante sagt was. Ich kann sie dabei gar nicht anschauen, so unsympathisch ist sie mir. Ihre weinerliche Stimme, ihre mitleidige Art, ihr ungepflegtes Äußeres. Und dazu eine Art, die ich so gar nicht leiden kann: Weltverbesserer. Gutmenschen. Mitleid Haber.

Gott, ich muss hier raus.

Ich muss mich echt zusammenreißen, die Beratung nicht direkt abzubrechen. Aber Arndt schlägt sich tapfer, und ich will ihm nicht reinreden. Also hör ich einfach nur ihm zu und warte die Stunde ab. Schaue immer wieder auf die Uhr. Wie lange kann so eine Beratung denn dauern?

Diese verwelkte Dame uns gegenüber hört sich offenbar selbst sehr gern reden. Was hat sie nochmal gemacht, bevor sie in dieser Beratungsstelle gelandet ist, um Paare zu beraten, die ihr Kind verlieren? Ach ja, Ärztin. Hat wohl nicht funktioniert mit 'nem guten Arzt-Job, denke ich gehässig, während ich die Stunde absitze. Muss wohl von ihrer eigenen Unzulänglichkeit ablenken und ihr Helfersyndrom jetzt bei solchen Beratungen ausleben und Menschen, wie mich mit ihrer weinerlichen Art quälen.

Während Arndt ihr tapfer von unseren Gedanken und Gefühlen erzählt und unseren Überlegungen, was wir jetzt tun sollen, schaue ich eigentlich nur zu ihm. Arndt erzählt ihr gerade von unserem Dilemma: „Austragen oder Einleiten". Während er redet und ich Arndt einfach nur nickend zustimmen will, muss ich wohl irgendwie unglücklich meinen Kopf bewegt haben. Denn Madame Beraterin weiß es besser. Sie schafft es am Ende der Stunde tatsächlich noch sich selbst zu toppen, als sie meint, meine Gedanken und Gesten lesen zu können. Sie wagt zu behaupten: „Ich glaube ihre Frau ist noch nicht bereit. Sie will keine Einleitung. Denn sehen Sie, sie schüttelt immer wieder mit dem Kopf. Ich denke, sie will das Kind lieber austragen. Sie ist noch ganz überfordert .... Bla bla bla."

Ahhhh !!! Hör auf zu reden. Du hast doch keine Ahnung. Und sowieso bringt deine weinerliche Stimme meine Ohren zum Bluten. Es reicht: Mein Geduldsfaden reißt. Was fällt dieser frustrierten Möchtegern-Beraterin ein? Das war ein Satz zu viel. Ich stehe auf: „Ganz im Ernst. Ich muss mir von Ihnen, die mich nicht mal eine Stunde lang kennt, nicht sagen lassen, was SIE glauben zu wissen, was ICH fühle oder denke." Mit diesen Worten verlasse ich den Raum und beschließe ihn auch nicht wieder zu betreten.

Eine Woche später suchen wir uns eine andere Beratungs-stelle. Und siehe da. Es gibt noch kompetente Beraterinnen. Die können verständnisvoll sein und gleichzeitig eine feste klare Stimme haben. Halleluja!

## DIE WUT IST SO GROSS

Ich bin so unfair... jeden Tag. Ich bin unfassbar aggressiv. Fühle mich ständig unverstanden. Und verstehe mich selbst und auch andere nicht. Ich stoße Arndt ständig vor den Kopf. Hinterfrage ständig unsere Beziehung, seine Gefühle, seine Trauer. Frage mich, ob es uns entzweit. Ob wir je wieder Normalität haben werden? Je wieder Zärtlichkeiten austauschen, die über das ständige Trösten des anderen hinausgehen?

Meine Mutter war zu Besuch. Sie blieb zwei Tage. Ich versuchte stark zu sein an Tag eins, damit sie nicht denkt, ich zerbreche daran. Am zweiten Tag aber zerbrach die Fassade. Meine eigene Mutter hat mich gesehen, schwanger mit einem Glas Wein in der Hand und innerlich voller Wut und Hass.

Was ich hasse? Menschen mit ihrer selbstgerechten Hilfsbereitschaft, aus der sie immer wieder raus können, zurück in ihren verfluchten Alltag. Ihre Hilfe ist nur temporär. Ich bin so wütend auf alle, weil alle weitermachen können. Nur ich nicht. Ich bleibe stehen, ich bleibe zurück, gefangen mit Bauch und Baby.

Zwei Tage nach dem Besuch meiner Mutter knallt es zwischen Arndt und mir. Ich fühle mich zutiefst von ihm verletzt und beschuldigt. Ob er es wollte? Sicher nicht. Aber er hat es getan, mit einem kleinen Satz: „Bei älteren Müttern erhöht sich die Wahrscheinlichkeit für Erkrankungen des Kindes." Den Satz hat er am Telefon zu jemandem über mich gesagt, als er dachte, ich höre ihn nicht. Dabei hat er vorneherum immer davon geredet, dass ich keine Schuld trage? Ach, und dann das? Wie soll ich da nicht verletzt sein. Ist es doch DER Satz, der mich seit 11 Tagen verfolgt. Spätestens seit der Diagnose. Wenn nicht sogar schon länger, schon vor der Schwangerschaft. Schon da hatte ich Angst, dass ich zu alt bin, um Kinder zu bekommen. Und jetzt ist der Gedanke wieder da. Die Wahrscheinlichkeit für Erkrankungen erhöht sich mit dem Alter der Mutter. Nur diesmal hat Arndt ihn ausgesprochen.

Ich bin also die wahrscheinliche Fehlerquelle in diesem riesengroßen Fehler. Dabei will ich gar nicht denken, dass Hedi ein Fehler ist. Sie ist auch nicht der Fehler. Sie kann nichts dafür. Ich bin der Fehler. All das Leid und das Unglück, dass ich ihr, mir und anderen antue, begründet sich also in meinem Alter und der daraus resultierenden Wahrscheinlichkeit für Krankheiten.

Dabei behaupten die Ärzte, die Trisomie sei zufällig. Was denn nun?

Für uns ist sie scheiße nochmal Realität und ich kann nicht aufhören zu denken, dass ich schuld daran bin.

Und jetzt haben wir Streit. Weil er es ausgesprochen hat. Der Mann, dem ich bislang am meisten vertraut habe, mit dem ich als einzigen so wirklich reden kann, bislang. Jetzt soll es kaputt sein, dieses Vertrauen und das Gefühl der Bedingungslosigkeit? Wegen dieses scheiß Satzes?

Und statt zu merken, dass mich dieser Satz verletzt hat, macht er mir auch noch Vorwürfe. Ich solle nicht so an die Decke gehen. Dabei bin ich rausgegangen, einfach weg. Eine

halbe Stunde raus, um runterzukommen. Als ich zurück-
komme, ist er nicht mehr da. Das zweite Mal seit unserem
verfluchten 11. September ist er einfach gegangen. Ich fühle
mich unverstanden und im Stich gelassen.

Gott, ich bin so wütend.

Sind die Wut und die Trauer um meine Tochter jetzt auch
noch das Ende unserer Beziehung?

## EINLEITEN ODER AUSTRAGEN?

Nein, es war nicht das Ende unserer Beziehung. Wir mussten ja weitermachen, für Hedi. Und weil Arndt es immer wieder schaffte, mich glauben zu lassen: „Wir schaffen das. Wir sind ein Team!"

Und das Team musste gemeinsam immer noch die schlimmste Entscheidung treffen. Einleiten oder Austragen?

Bei der 2. Untersuchung in der Uniklinik, als uns die Ärztin über die Risiken des Austragens für meinen Körper informierte, ist uns da klar geworden, einleiten ist die bessere Option als Austragen und Abwarten?

Ich muss zugeben, in den ersten Momenten direkt nach der Diagnose, da habe ich tatsächlich nur gedacht: Wir müssen die Schwangerschaft abbrechen. Sofort, so schnell es geht. Dieser Bauch, der förmlich schreit „Schaut her, hier wächst Leben heran!" muss weg.

In den ersten Momenten habe ich geglaubt, dass man mit einem schnellen Abbruch auch schneller Abschied nehmen kann.

Doch schon wenige Stunden später schleichen sich andere Gedanken ein: Was, wenn es doch nicht so schlimm ist. Unsere Tochter doch leben kann. Ihr Herzfehler doch zu operieren ist? Sie gar nicht so krank ist, wie die Ärzte sagen? Ja, die Diagnose vielleicht doch falsch ist?

Ist es nicht herzlos, die Schwangerschaft abzubrechen? Egoistisch? Nur damit WIR mit unserer Trauer schneller abschließen können? Was ist mit Hedi? Wie geht es ihr dabei?

Sollte meine Tochter nicht selbst entscheiden? Oder sollten WIR für sie und damit ÜBER sie entscheiden? Sie sollte doch gehen dürfen, wann und wie sie es will. Oder nicht???

Ende September, 3 Wochen nach der allesverändernden Diagnose glauben wir eine Entscheidung getroffen zu haben. Wir glauben zu wissen, was richtig ist für Hedi und für uns. Gemeinsam haben Arndt und ich viel darüber geredet, nachgedacht, uns versucht in unsere Tochter hineinzufühlen, zu spüren, was sie wollen würde, unsere kleine Kämpferin!

Wir wollen nur das Beste für sie. Und haben deswegen beschlossen, dass Hedi gehen darf, bevor sie noch kranker oder schwächer wird. Sie soll gehen – so wie es immer heißt: „wenn's am schönsten ist". Wenn sie am stärksten ist und nicht am schwächsten, unsere kleine Hedi-Ritterin. Und vor allem soll sie nicht einfach still und leise in meinem Bauch sterben, wenn wir es nicht mal mitbekommen. Nein, wir wollen bei ihrer Geburt und auch bei ihrem Sterben voll und ganz bei ihr sein. Mit dem ganzen Herzen, mit vollem Bewusstsein. Deswegen haben wir beschlossen, nicht einfach auszutragen und damit gleichzeitig zu riskieren, dass sie in meinem Bauch stirbt. Das wollen wir unbedingt verhindern. Sondern wir wollen für unsere Tochter mitplanen. Solange es ihr gut geht, soll sie bei uns bleiben. Bei uns, bei mir im Bauch. Einleiten wollen wir erst, wenn es ihr schlechter geht. Vielleicht in zwei, drei Wochen. Das dachten wir zumindest … Wir dachten auch eine gute Entscheidung getroffen zu haben. Doch als ich diese Worte hier schrieb, wusste ich noch nicht, dass ich an unserer Entscheidung noch zweifeln würde.

Ich wusste auch nicht, dass sie ständig zurückkommt. Diese bleierne Schwere, die mich komplett lähmt. Ich komme zurzeit kaum vom Sofa hoch. Denke ich in dem einem Moment noch: Mir geht's besser, kommt sie im nächsten Moment schon wieder zurück: Die Schwere, die Verzweiflung, die Unfähigkeit zu handeln. Es ist ein Gefühl der Antriebslosigkeit, ein Gefühl, dass nichts je wieder Sinn machen und nichts helfen wird. Dann starrst du nur Decken und Wände an. Selbst duschen oder Zähneputzen sind eine Kraftanstrengung, der ich mich nicht gewachsen fühle. Ohne die Hilfe von Arndt oder anderen, schaff ich es an vielen Tagen kaum aufzustehen. Sie müssen mich regelrecht packen und mich zu den simpelsten Sachen zwingen. Wie heute Morgen zum Einkauf im Drogeriemarkt. Dabei tut es jedes Mal gut, wenn ich etwas mache. Aber allein schaffe ich es nicht. Ich brauche den Antrieb durch andere.

Wird es je besser werden? Es soll sogar noch schlimmer werden, warnen mich viele. DANACH. Nach dem Tag X. Wenn ich unser Baby nicht mehr in meinem Bauch trage. Wenn unsere Tochter endgültig gegangen ist. Was ist denn dann? Wird die Verzweiflung dann schlimmer oder besser? Aber was ändert es schon, es zu wissen? Denn irgendwann kommt dieser Tag X. Er ist unausweichlich.

## TAG X

Wenige Tage später kommt eine gewisse Aktivität zurück. Ich glaube, dass es an unserer Entscheidung für die Einleitung liegt. Denn seit wir beschlossen haben, Hedi gehen zu lassen, sobald es ihr schlechter geht, wollen wir vorher alles für sie zu tun, was noch in unserer Macht liegt. Wir haben uns überlegt, was wir für sie mit ins Krankenhaus nehmen wollen, was wir ihr nach der Geburt anziehen wollen und was wir bis zum Tag X noch mit ihr unternehmen wollen.

Bis zum Tag X. Der Tag ihrer Geburt. Er wird kommen. Nur wann, das wissen wir nicht. Wir wissen auch noch nicht, wann wir einleiten werden. Wir können uns in der Klinik auf eine Liste fürs Einleiten setzen lassen, dann bekommen wir einen Termin. Aber das haben wir noch nicht gemacht. Wir haben es schlichtweg noch nicht übers Herz gebracht.

Was aber geht, ist uns auf den Tag vorzubereiten. Die Zeit bis dahin zu genießen, soweit man das so nennen kann. Wir haben Hedi eine Kuscheldecke gekauft. In die wollen wir sie nach der Geburt legen und halten, bis sie geht. Wir haben die Decke mit ihrem Namen und einem Schwert besticken lassen – als Symbol für unsere tapfere Kämpferin. Auch ihre Kleidung, die wir ihr nähen lassen, wird bestickt mit ihrem Namen. Alles in den Farben unserer Tochter: Rot und Blau. Denn rosa oder irgendeine andere Pastellfarbe passt nicht zu unserer tapferen Maus, die der Krankheit jeden Tag sprichwörtlich ihren Stinkefinger zeigt. Die solange kämpft, bis es nicht mehr geht. Bis ihr Tag gekommen ist. Bis auch unsere kleine Kämpferin begreifen muss, dass sie keine Chance hat gegen das 18. Chromosom, das ihr einen Strich durch ihre Lebensrechnung machen wird. Spätestens wenn sie meinen geschützten Bauch verlässt. Aber bis dahin, bis zum Tag X haben wir noch etwas Zeit.

## MIT BAUCH REIN – MIT LEEREN HÄNDEN RAUS

Im Moment fühle ich mich meiner Tochter näher und verbundener als je zuvor. Sie ist noch da und lässt es mich jeden Tag spüren und das ist für mich pures Glück. Die Scham für meinem Bauch, die ich zwei, drei Wochen nach der Diagnose noch gespürt habe, ist verschwunden. Zwar stolziere ich nicht mit ihm durch die Weltgeschichte, wie andere Schwangere, aber ich traue mich wenigstens wieder unter Menschen. Und mir ist es egal, dass alle sehen können, dass ich schwanger bin.

Meine Tochter noch bei mir zu haben, bedeutet für mich gerade alles. Denn ich weiß, dieser beschissene Tag wird kommen, da ich sie nicht mehr in mir spüre und auch nicht mehr in meinen Armen halten kann. Und da, wo jetzt noch ein Baby ist, nur noch Leere sein wird.

Normalerweise gehen Mamas mit dickem Bauch ins Krankenhaus und mit Baby im Arm wieder raus. Und ich - diese andere Art von Mama - werde mit dickem Bauch reingehen, aber mit leeren Händen raus.

Vor dieser Leere fürchte ich mich. Noch ist Hedi jeden Tag physisch anwesend, ich kann sie streicheln - durch meinen Bauch. Und ich kann mit ihr sprechen. Wir lesen ihr vor oder Arndt spielt für sie auf der Gitarre. Sie ist einfach da. Aber in ein paar Wochen nicht mehr. Dann werde ich nur noch mit einer Erinnerung sprechen, einen leeren Bauch streicheln, nur noch ihre Andenken in den Arm nehmen können.

Ich weiß, ich kann den Tag X nicht ewig hinausschieben. ... Aber das Gefühl, dass ich anfangs direkt nach der Diagnose hatte, sich so schnell es geht zu verabschieden, das ist nicht mehr da. Jetzt freue ich mich über jeden Tag, an dem unsere Tochter noch bei uns ist.

Und am Tag ihrer Geburt wollen wir sie nicht leiden lassen. Wir werden sie nicht künstlich bei uns behalten durch Schläuche und Geräte, weil uns der Abschied so schwerfällt. Hedi soll gehen dürfen, wann sie es will.

Anfang Oktober, etwa drei, vier Wochen nach der Diagnose lassen wir uns auf die Liste für das Einleiten der Geburt setzen. Warum auf einmal so schnell, kann ich im Nachhinein gar nicht mehr beantworten. Wir hatten wohl das Gefühl, es musste jetzt sein.

Der ständige Druck, der auf uns lag, die ständige Angst, unsere Kleine könnte sterben bevor sie geboren wird, waren eine zu hohe psychische Belastung.

Aber als wir auf der Liste stehen, kommt die Angst. Die Angst vor der Geburt. Die Angst vor der Endgültigkeit, die diese Geburt für uns und für Hedi bedeutet: Wie soll ich das schaffen? Die Schmerzen? Die Wehen? All das für einen Abschied von meiner Tochter. Statt Vorfreude auf das Leben mit ihr, erwartet uns nur der Tod.

Diese Liste... wir stehen drauf. Aber wir haben noch keinen Termin für die Einleitung bekommen. Die Klinik wird uns anrufen, sobald ein Platz frei ist.

Wie das klingt... „Ein Platz frei...". Andere warten auf einen freien Platz im Restaurant, oder einen freien Studienplatz. Und wir? Wir warten auf einen freien Platz, um das Leben unserer Tochter zu beenden.

Sind wir bereit, wenn der Anruf der Klinik kommt? Bin ich dann bereit? Bereit mit Babybauch in die Klinik zu gehen und mit leeren Händen wieder rauszukommen?

Ja, wir haben uns für diesen Weg entschieden. Den besten, den schmerzfreisten Weg für unsere Tochter– wie wir fest glaubten. Aber es war noch zu früh. Das wusste ich da noch nicht. Aber als der Anruf kam, waren wir noch nicht bereit.

## WER DENKT DENN ÜBER SOWAS NACH

Ein paar Tage später treffen wir einen Bestatter. Wie grausam das ist. Hedi ist in meinem Bauch, sie lebt und ahnt nichts Böses von der Welt, in der sie nicht leben darf. Aber wir müssen schon über ihre Beisetzung nachdenken.

Welche Eltern denken überhaupt über den Tod ihres Kindes nach und fragen sich, wie es wohl am besten beigesetzt wird? Arndt hat 4 Söhne aus seiner ersten Ehe. Auch er sagt: „Darüber denkt man nicht nach. Nie. Es kommt einem einfach nicht in den Sinn, dass Kinder vor den Eltern sterben. Das ist gegen den Kreislauf des Lebens."

Aber unsere neue Betreuerin aus der Beratungsstelle hat uns empfohlen, uns mit der Beisetzung auseinanderzusetzen. Wir sollen so viel es geht erledigen, bevor der Tag kommt. Der Tag X. Denn danach werde die Starre und der Schock zurückkommen. Und mit ihnen die Unfähigkeit zu denken und zu handeln. Geschweige denn über eine Beisetzung nachzudenken.

Also machen wir das heute. Die Beisetzung unserer Tochter planen. Wir krank das klingt, wie krank das ist. Sie strampelt gerade in meinem Bauch und ich berate mich mit einem Bestatter.

Was ich vorab schon gelesen habe, schockiert mich. Das deutsche Gesetz regelt jede Bestattung. Bestimmt bis wann Tote abgeholt und beigesetzt werden müssen. Legt die Art des Wo und auch die Art des Wie fest. Und den Angehörigen bleibt nach dem Sterbefall unfassbar wenig Zeit, darüber nachzudenken. Alles ist getaktet. Typisch Deutsch eben. Dabei brauchen wir gerade SIE: Zeit. Zeit in Ruhe herauszufinden, wo der beste Ort für unsere Tochter ist. Ruheforst, Friedwald, Friedhof? Wir würden die Urne mit der Asche unserer Tochter gern solange bei uns behalten, bis wir sicher sind, wo der beste Ort ist, an dem ihr Körper Ruhe finden soll. Bzw. was davon noch übrig ist, denn nur da sind wir uns sicher: Ihr Körper soll verbrannt werden.

Aber das deutsche Gesetz erlaubt uns weder diese Zeit noch die Möglichkeit, die Urne solange Zuhause zu verwahren. Was sollen wir nur tun? Es ekelt mich an.

Und dann noch diese unfassbare Geldmacherei mit dem Tod. Was das alles kosten kann! Es ist doch widerlich, dass Eltern in der wohl schlimmsten Zeit ihres Lebens darüber nachdenken müssen, ob sie es sich überhaupt leisten können, ihr Kind so zu bestatten, wie sie es selbst für richtig halten. Da kommt es einem fast schon wie Selbstbeweihräucherung des Staates, bzw. der Kommunen vor, wenn sie netterweise sogenannte Sternengräber oder Sternenbäume kostenlos oder für kleines Geld anbieten. Aber diese Sternengräber - was sind das? Massengräber, wo Kinder kostenfrei mit vielen anderen beigesetzt werden können? Wie gnädig. Ich bin angewidert.

Auch Arndt wird beim Gedanken an den Bestatter schlecht. Ich kann ihn verstehen. Er ist wie erstarrt, als der Mann uns gegenübersitzt. Er bringt kaum ein Wort raus. Heute bin ich es, die Worte findet. Die die Kraft hat für uns beide zu sprechen. Ich frage den Bestatter nach Lücken im

Bestattungsgesetz, nach Möglichkeiten, nach mehr Zeit für uns, ohne den sogenannten „Friedhofszwang".

Und wir haben Glück. Er zeigt uns Lücken. Seine Lücken, die er uns verspricht zu schaffen. Er sagt, wir hätten nach der Geburt keinen Druck, könnten danach noch alles in Ruhe entscheiden. Auch die Urne mit Hedis Asche könne er uns nach Hause bringen, bis wir wissen, wo wir unsere Tochter beisetzen wollen. Wir sollen uns keine Gedanken machen, er kenne da ein paar Wege, den Friedhofszwang zu umgehen. Wenigstens etwas.

Trotzdem empfiehlt er uns, Friedwälder, Ruheforste und Friedhöfe zu besuchen. Um herauszufinden, was uns am besten gefällt. Gefällt??? Am besten würden uns gefallen, wenn der 11. September 2019 nie passiert wäre und unsere Tochter gesund wäre. Statt nun über ihren Tod und ihre Beisetzung nachdenken zu müssen. So nett der Bestatter auch ist, es ist krank, sich mit dem Tod des eigenen Kindes zu beschäftigen, wenn es noch lebt.

## DER BESUCH UND DAS AUSSTELLUNGSSTÜCK

Pläne machen? Lächerlich! Funktioniert eh nicht. Egal, was ich mir vornehme, am nächsten Tag sieht meine Welt wieder anders aus! Selbst Besuch bekommen finde ich an manchen Tagen ätzend. Irgendwie nervig. Und trotzdem lasse ich ihn kommen. Weiß nicht, vielleicht aus schlechtem Gewissen heraus. Und weil ich hoffe, dass er mich ablenkt.

Aber stattdessen habe ich das Gefühl, dass sich der Besuch an mir tröstet. Dass er sich damit beruhigt, wenigstens mal da gewesen zu sein, mich wenigstens mal gedrückt zu haben, mir zugehört zu haben. Danach geht es dem Besuch besser. Weil er das Gefühl hat, was getan zu haben, mir geholfen zu haben. Aber mir geht es nicht besser, helfen kann mir eh keiner. Was also treibt den Besuch an?

Ich fühle mich wie ein Ausstellungsstück. Wie ein sonderbares Unikat. Selten genug, dass man es mal besucht haben muss. Aber auch anstrengend genug, dass man es nicht zu oft wiederholt. Denn das ist zermürbend und niederschmetternd. Ja wir sind für den Besuch ein niederschmetternder Anblick.

Da hilft nur trösten. Auch wenn ich gar nicht getröstet werden will. Der Besuch macht weiter. Hält sich an mir fest, klammert sich förmlich an mich. Als suche ER Trost bei mir und nicht umgekehrt. Ne sorry, das kann ich nicht. Oft würde ich mich am liebsten nur aus den Armen befreien und weglaufen.

Klingt gemein und undankbar, ist aber so. Ich bin doch nicht dafür da, damit die anderen sich besser fühlen? Ich kann Arndt trösten. Er trägt unser Schicksal mit mir. Aber die anderen?

Und wie er oft starrt, dieser Besuch. Mitleidig, traurig, hilflos. Entsetzt vom sonderbaren, bemitleidenswerten Ausstellungstück, zudem ich geworden bin. Das ist an vielen Tagen kaum zu ertragen. Und leider glaube ich, dass solche Tage immer wieder kommen. Auch danach. Nach Tag X. Und mit dem Besuch diese Fragen. Er bombardiert mich mit Fragen. Ich verstehe ja wieso, aber ich kann sie doch auch nicht beantworten.

Ich weiß doch noch nicht mal, wie es überhaupt weitergehen soll. Wie soll die Zukunft aussehen, wie soll man das Leben wieder leben? Alles ist im Moment so überflüssig und lächerlich. Aber ständig höre ich nur, dass es weitergehen wird, weitergehen muss.

Ich sehe das nicht, ich fühle das nicht. Und damit steh ich ziemlich allein da. Denn auch Arndt will das Leben wieder leben und nehmen, wie es kommt. „Für Hedi" sagt er immer. Toll, ich kann und will es aber gerade nicht. Auch nicht für Hedi. Das ist doch alles nur Schönrederei.

Ich will gerade ... Ja was will ich eigentlich? Mich verkriechen, nichts tun, nichts sehen, nichts hören. Mit mir und meinen Gefühlen allein sein, mich betrinken und vergessen. Auch wenn ich weiß, dass es das nicht besser macht. Eher schlimmer.

Immer wieder verletze ich Arndt. Stoße ihm und seinem Wunsch weiterzumachen immer wieder vor den Kopf. Er will wieder leben, während ich mich nur in eine Höhle verkriechen will. Irgendwohin verschwinden. Hauptsache dieses Leben hier hält endlich mal die Luft an. Ich will es gerade nicht mehr ertragen oder stark sein und kämpfen. Wofür auch? Es geht einfach nicht. Heute nicht. Gestern nicht. Morgen nicht. Ich kann einfach nicht aus meiner Haut. Ich stecke fest, und das kann Arndt an vielen Tagen nur schwer nachvollziehen. Er gibt sein bestes, jeden Tag. Für sich, für uns, für Hedi. Aber ich bin nicht so schnell, wie er. Ich kann da nicht jeden Tag mitmachen und mir selbst sagen: „Das Leben wartet nicht auf mich, also halte ich mit dem Leben mit!"

Manchmal, heute, bin ich so kraftlos. Sieht er das denn nicht? Warum kann er nicht gerade einfach mit mir zusammen leiden. Zusammen denselben Schmerz, dieselbe Sinnlosigkeit durchleben? Statt einfach weiterzumachen.

Alle wollen mich ständig mitreißen, ablenken. Aber ich will nicht. Ich will so sein, wie ich gerade bin. Traurig, verzweifelt, hoffnungslos. Und dabei will ich nicht angestarrt werden. Wer mich gerade nicht versteht, soll wegbleiben.

## ZWEIFEL UND EIN ARSCHLOCH NAMENS GOTT

Und da sind sie: Die Zweifel. Die Fragen: Einleiten oder nicht? Ist eine frühzeitige, eingeleitete Geburt der richtige Weg?

Eine Woche nachdem wir uns für die Einleitung entschieden haben, beginne ich zu zweifeln. War ich mir anfangs so sicher, wir tun das richtige, fühlt es sich jetzt an wie Gott spielen. Wir stehen auf dieser Warteliste der Uniklinik. Und diese Liste fühlt sich an, wie eine Todesliste. Und wir, Arndt und ich sind Hedis Henker.

Aber: Spielen wir Gott?... Was heißt das überhaupt: Gott spielen!? Schön wär´s, wenn wir es könnten und damit Hedi retten könnten.

Aber dieser Gott ist für mich einfach nur noch der Teufel. Hat er uns doch so mies mitgespielt. Uns ein krankes Kind geschenkt. Ein Kind, dass so krank ist, dass es nicht leben darf, nicht leben kann. Alles hat er kaputt gemacht, dieser ach so liebe Gott. Ihr Herz, ihr Gehirn, ihre Organe, einfach jede Zelle. Was hat er damit bezweckt? „Es ist alles sein Plan" – so sagt es doch zumindest der christliche Glaube!

Was für ein Plan soll das bei Hedi gewesen sein?

Wenn er doch merkt, dass sein Scheiß-Lebens-Schöpfungs-Bauplan kaputt ist, warum baut er trotzdem weiter und schmeißt ihn nicht weg? Warum beginnt er erst damit, Leben entstehen zu lassen, um es dann auf direktem Weg in den Tod zu schicken? Warum darf unsere Tochter erst beginnen in mir zu leben, um dann doch zu sterben? Warum dürfen wir alle sie ins Herzen schließen, um sie dann doch zu verlieren? Was predigt die katholische und auch die evangelische, ach jede gottverdammte Kirche? „Gott ist gnädig!" Einen Scheiß ist er. Gott ist ein großes Arschloch. ER hats verbockt und jetzt stehen WIR da und dürfen seine verbockte Suppe auslöffeln. Und müssen uns obendrein noch täglich fragen, ob wir beim Suppe auslöffeln überhaupt das richtige tun? Hat ER sich das auch mal gefragt - dieser Gott? Ob ER das Richtige getan hat?

Wir stehen da und sollen über Austragen oder Einleiten entscheiden. Entscheiden Arndt und ich damit gerade über Leben und Tod? Oder entscheiden wir nur wann der Tod kommen darf? Erlösen wir Hedi von ihrem Kampf, ihrem aussichtslosen Kampf? Oder führen wir sie zur Schlachtbank? Was ist das Richtige?

Ich wage es nicht, an den Tag zu denken, an dem ich beschließe, an dem ich unterschreibe, dass ihre Geburt eingeleitet wird. Es fühlt sich an, als wäre ich ihr Todesengel.

Was ist richtig, was ist falsch? Sind wir befugt für sie zu entscheiden? Ja sicher, wir sind ihre Eltern. Aber dürfen wir auch über ihr Leben und ihren Tod entscheiden? Dürfen wir entscheiden, ihren aussichtlosen Kampf zu verkürzen? Verhindern wir durch so eine Entscheidung, dass sie leiden wird, jämmerlich in meinem Bauch verkümmert? Denn mein Mutterkuchen könnte die Versorgung einstellen. Auch die Plazenta hat die Chromosomenstörung. Wenn sie nicht mehr arbeitet, kann auch Hedi nicht mehr versorgt werden. Das ist doch genauso grausam. Aber was ist grausamer? Eine Geburt einzuleiten oder das Kind auszutragen und dabei zu riskieren, dass es dahinsiecht in meinem Bauch?! Und wieder frage ich mich: Was würde Hedi wollen? Wir dachten doch, wir wüssten es! Doch wir wissen nichts....

Danke Gott!!!

## DER ERSTE ANRUF

Einen Tag später ruft die Klinik an. Wir wussten, dass dieser Tag kommen wird. Der Tag, an dem wir auf der Todes-Liste ganz oben stehen werden und sie uns in die Klinik bestellen. Heute ist er gekommen. Es ist mittlerweile Anfang Oktober. Knapp vier Wochen nach der Diagnose.

Die Dame von der Uniklinik am anderen Ende sagt: „Sie können noch heute aufgenommen werden, um die Geburt einzuleiten." Und klingt, dabei als sei das eine GUTE Nachricht.

Ich denke nur „HEUTE??? Nein!!! Nein, heute geht es nicht und auch nicht die nächsten Tage. Nein, das ist zu früh." Alles in mir schreit und wehrt sich dagegen. Ich flehe Arndt an, es wieder abzusagen. Ich kann Hedi nicht zur Schlachtbank führen.

Ich suche nach rationalen Gründen, nach guten Argumenten, abzusagen. Meine halbe Familie zum Beispiel hat im Oktober Geburtstag. Allein das stresst mich schon. Wir können Hedis Tag doch nicht auf einen Geburtstag meiner Familie legen. Rationale Gründe.

Aber noch viel schlimmer ist gerade für mich, überhaupt einen Termin auszumachen. Einen Termin!!! Eine Verabredung zum Tod, oder was? „Morgen früh 11 Uhr, Klinik x, Stock y, Büro z, danach tot." Widerlich. Grausam. Ist das der beste Weg?

Ich weiß, dass Arndt große Angst hat, dass Hedi in meinem Bauch sterben könnte, ganz allein. Das will er unbedingt verhindern. Durch eine Geburt, bei der wir bei ihr sind, sie vielleicht noch halten dürfen. Ich kann es verstehen, mehr noch, ich will es doch auch.

Dazu wächst der Druck auf uns mit jedem Tag, den wir warten. Denn wir treten auf der Stelle. Kommen nicht vor und nicht zurück. Wir warten und warten, aber auf was, das wissen wir selbst nicht so genau.

Auf mehr Zeit mit unserer Tochter?!

Arndt hat der Dame am Telefon für diesen Termin jetzt abgesagt. Wir haben uns erstmal auf der Liste nach hinten schieben lassen. Erstmal auf übernächste Woche. Ob es sich dann anders anfühlt? Ich bezweifle es. Es wird wieder ein Anruf kommen und er wird sich wieder so anfühlen, als bestellten sie uns zur Hinrichtung. Ich kann einfach nicht Abschied nehmen. Aber ich muss es. Irgendwann. So oder so.

## GEMEINSAM, NICHT EINSAM

Ein paar Tage später bekommen wir große Angst um unsere Tochter. Wir haben das Gefühl, dass es Hedi nicht mehr gut geht. Es ist ruhiger in meinem Bauch geworden. Ich spüre sie weniger. Wir machen uns große Sorgen, weil wir doch unbedingt verhindern wollen, dass sie leidet oder einsam stirbt.

Deswegen haben wir uns heute bei der Uniklinik gemeldet und sie haben einen Ultraschall gemacht. Und unsere Tochter hat uns eines Besseren belehrt. Der kleinen Kämpferin geht es soweit gut. Sie ist sogar - für ihre Voraussetzungen noch gut gewachsen und bewegt sich viel. Ich kann sie nur nicht so spüren, weil sie so zart ist. „Ach Hedi, süße Maus. Ich bin so stolz auf dich, dass du einfach nicht klein beigibst."

Aber der Schock, dass sie in meinem Bauch gestorben sein könnte, ohne dass wir es gemerkt hätten, hat uns heute extrem zugesetzt. Deswegen haben wir nun einen neuen Termin zur Einleitung ausgemacht. Mitte Oktober sollen wir mit einem erneuten Anruf der Klinik rechnen.

Wir haben begriffen, dass auch wir beide, Arndt und ich unter einem großen Leidensdruck stehen. Die Tage, an denen es uns schlecht geht, immer wieder kommen werden und dass das Nichtstun uns an den Rand der Verzweiflung bringt. Wir haben so langsam begriffen: Es führt kein Weg an ihrem viel zu frühen Tod vorbei. Egal, was wir machen. Wichtig bleibt nur eins: Unsere süße Maus soll nicht leiden. Sie soll in Frieden und so stark, wie es geht, gehen dürfen. Und wir glauben, das ist eher früher als später.

Das Austragen meiner Tochter fühlt sich oft an, wie das Warten auf den Tod. Kaum auszuhalten und grausam. Für sie, für uns, für unser Umfeld.

Und heute dann die Angst, Hedi könnte schon allein gegangen sein. Einsam in meinem Bauch, ohne dass wir es gemerkt hätten.... Nein das müssen, das wollen wir gemeinsam durchstehen. Gemeinsam als kleine Familie, nicht einsam.

## SCHWEIGEN BIS DER ARZT KOMMT

Eine Woche voller Auf und Ab liegt hinter uns. Ein Besuch in der Notaufnahme inklusive. Und ein heftiger Streit der dem vorausgegangen war. Das Ende vom Lied: Wir haben den Termin in der Klinik Mitte Oktober wieder abgesagt. Zu heftig war das, was uns an dem Sonntag davor passiert war. Wir hätten nicht die Kraft gehabt, auch noch Hedis Sterben zu begleiten...

Dabei war die Woche gut angefangen. Soweit das Wort „gut" in unserer Geschichte überhaupt Platz hat.

Wir haben uns verstanden, es war friedlich geworden um uns. Freunde haben uns besucht, das erste Mal seitdem.

Arndt und ich waren uns wieder so nah, wie seit Monaten nicht mehr. Und auch Hedi ging es gut, das wussten wir ja seit der Untersuchung. Wir haben ein Bauch-Painting gemacht, ein Tuch für Hedi bemalt. Es war ein bisschen Ruhe und Frieden eingekehrt. Seit Wochen mal wieder. Es war die Ruhe, vor dem wohl schlimmsten Sturm, den wir uns als Eltern ausmalen konnten. Doch unsere Entscheidung, Hedi gehen zu lassen, bevor sie leidet, fühlte sich richtig an. Alles für die Einleitung lief auf Mitte Oktober hinaus.

Bis der Abend des 12. Oktobers kam. Eine Freundin war gerade wieder gegangen, Arndt und ich hatten es uns auf dem Balkon mit seiner Gitarre und Wein gemütlich gemacht. Wir wollten gemeinsam für Hedi spielen... Uns ging es gut, so fühlte es sich an. Wahrscheinlich war das zu optimistisch gedacht. Hatten wir ernsthaft geglaubt, schon alles überstanden zu haben? Denn an diesem Abend brach doch wieder alles über uns zusammen. Ein Wort ergab das andere und schon war der Streit perfekt. Worum es ging, wurde zur Nebensache. Viel schlimmer war das Wie es krachte und das Schweigen danach. Ich beschloss ins Bett zu gehen und sein Schweigen zu akzeptieren. Ein klärendes Wort vor der Nacht blieb aus. Vielleicht war es das, was uns am nächsten Morgen das Genick brach.

Als Arndt mich weckte, saß er auf der Bettkante, fertig angezogen. Er wollte arbeiten gehen. Sonntag. An DIESEM Sonntag?! Am Tag bevor wir in die Klinik wollten. Da brach all die aufgestaute Wut des Vorabends aus mir heraus. Ich fuhr ihn an, was ihm einfalle. Wir hätten immer abgemacht, dass wir den Tag vor der Einleitung gemeinsam verbringen, ohne Arbeit, als Familie.

Stattdessen seh ich ihn, wie er arbeiten gehen will. Dazu der Streit vom Vorabend. Ich war mit dem Nerven am Ende. Ich fuhr ihn wütend an, dass ich nicht glauben könne, was er da vorhabe.

Es fielen viele böse Worte meinerseits. Arndt schwieg nur. Und das stundenlang. Ich fuhr eine halbe Stunde mit dem Auto durch die Gegend, um mich zu beruhigen. Doch nichts half. Als ich nach Hause kam, war Arndt weg.

Und er blieb weg. Sechs, sieben quälende Stunden, in denen er sich weigerte mit mir zu sprechen oder mich zu sehen. Mir blieb nichts anderes übrig, als zu warten. Was mich nur wütender und verzweifelter machte. Ein Teufelskreis: Denn während Arndt sich auf diesem Weg beruhigte, wurde ich von Stunde zu Stunde wütender.

Mir war ziemlich schnell klar: Unser Vorhaben morgen, die Einleitung war Geschichte. So konnten wir nicht in die Klinik fahren. So konnte ich das nicht. Nicht im Streit. Ich hatte ja kaum Kraft für mich. Wie sollte ich da für meine Tochter da sein und ihre Geburt durchstehen.

Das lange Schweigen endete gegen 18h - mit einem Anruf. „Anonym" zeigte mein Handy an. Am anderen Ende nur: „Ich bin´s." Es war Arndt von einem fremden Telefon. „Ich bin in der Notaufnahme! Die Ärzte checken mich gerade auf Herzinfarkt durch." Ich ließ fast den Hörer fallen. Mir wurde heiß und kalt, ich schrie aus Verzweiflung in den Hörer, was denn passiert sei? Warum er mir nichts gesagt hatte... vorher, früher?! Dann fing ich an zu weinen. „Bitte tu mir das nicht auch noch an. Das kannst du mir doch nicht antun."

Ich setzte mich ins Auto und raste los. 10 Minuten brauchte ich etwa bis zur Klinik, in der er lag. Die Autofahrt geschah wie in Trance, ich hatte einen Tunnelblick, nahm nichts wirklich wahr. Ich hätte ganz sicher nicht hinters Steuer gehört.

Als ich in der Klinik ankam und ihn da auf der Liege in der Notaufnahme liegen sah, zwischen den anderen Patienten, die alle doppelt so alt waren wie er, angeschlossen an ein Gerät, das seinen Herzschlag aufzeichnete, fühlte ich pure Verzweiflung, Angst, aber auch Wut. Hatte er den ganzen Tag schon Herzrasen? Den Druck in der Brust? Warum hatte er denn nichts gesagt? War er meinetwegen krank geworden? Es war meine Schuld. Verzweifelt rannte ich aus der Notaufnahme. Ließ Arndt einfach wortlos zurück. Ich wusste nicht, was ich sagen sollte, geschweige denn, was ich tun sollte.

Ich rief meine Schwester an. Sie holte mich wieder runter. Redete mir gut zu. „Ok" dachte ich. „Ich muss mich zusammenreißen, ruhig bleiben. Für ihn da sein!" Nur noch das zählte. Der Nachmittag, der Streit waren jetzt unwichtig – wichtig war nur, dass Arndt gesund wurde.

Fast 4 Stunden haben die Ärzte ihn dabehalten und durchgecheckt. Am Ende - Entwarnung. Der hohe Puls und der Druck in der Brust, sei der psychischen Belastung und unserer familiären Situation geschuldet. Eine Panikattacke. Wir durften nach Hause. Abends im Bett flossen die Tränen. Und eine stille Versöhnung.

Wir wussten, dass wir die Einleitung am nächsten Tag nicht schaffen würden. Dafür fehlte uns beiden die Kraft, vor allem Arndt. Wir sagten ab.

## WARTEN AUF DEN TOD IST KEINE OPTION

Die Zeit nach der Absage nutze ich für mich und mein Baby. Wieso auch nicht?! In meinem Bauch geht es Hedi gut. Sie strampelt und wächst sogar, und lässt mich das auch spüren. Endlich kann ich auch wieder befreit nach draußen gehen. Stolz schwanger zu sein, statt Scham für das kranke Baby zu empfinden. „Schaut her, ich bin schwanger! Und ja meine Tochter lebt, und hier bei mir geht es ihr gut…!" Ich will dieses Glück, dass uns am 11. September genommen wurde, wieder zurück. Es in vollen Zügen genießen. Wenigstens die kurze Zeit, die uns noch bleibt. Denn auch wenn wir bislang die Einleitung immer und immer wieder abgesagt haben, steht die Entscheidung an sich fest: Wir werden einleiten und Hedi damit zumindest die Möglichkeit geben, lebend zur Welt zu kommen, um in unseren Armen einzuschlafen, statt allein in meinem Bauch. Sie soll die Chance bekommen, noch unsere Wärme zu spüren. Aber dafür muss sie stark sein. Uns bleibt also nicht mehr viel Zeit mit ihr.

Deswegen habe ich eine Fotografin angeschrieben und gefragt, ob sie kurzfristig Zeit hat, Fotos von unserer Schwangerschaft zu machen. Ich will eine Erinnerung schaffen. Meine Schwangerschaft festhalten. Dieser Bauch ist zumindest äußerlich, das Einzige, was mich an die Schwangerschaft mit Hedi erinnern wird.

Die Fotografin hat Zeit. Sie will uns das Shooting sogar kostenlos anbieten. Wow, ist meine erster Gedanke. Was für eine herzliche Geste. Und nicht nur das: Der Tag bei der

Fotografin ist toll. Eine einfühlsame Frau, die uns wunderschöne Fotos schenkt. Wir sind glücklich, als wir als kleine Familie vor der Kamera stehen.

Nach dem Shooting sind es noch drei Tage, bis wir wieder mit einem Anruf aus der Klinik rechnen müssen. Drei Tage, die Arndt und ich mit Wellness, Spaziergängen, Kuscheln, einem Restaurantbesuch mit meiner Mama und ganz viel intensiver und bewusster Zeit mit Hedi verbringen. Noch intensiver und bewusster als die Wochen zuvor.

Drei Tage. Mir ging es ok damit. Bislang. Weiß ich doch allzu gut, dass immer alles anders kommen kann. Haben wir doch schon drei Mal die Einleitung abgesagt. Denn egal wie sehr wir versuchen, uns auf den Tag „vorzubereiten". Am Ende wissen wir nicht, wie wir reagieren werden, wenn es soweit ist.

Wir wissen nur, wir wollen versuchen das Beste zu tun, für Hedi und für uns. Arndt´ Herzrasen, war nur einer von vielen Warnschüssen, der uns sagte, dass es Zeit wird, etwas zu tun. Und Warten gehört nicht dazu. Nein: Warten auf den Tod war keine Option.

## DER NÄCHSTE ANRUF

Dann ist der Tag da. Der Anruf. Einen Tag später, als erwartet erreicht mich ein Anruf auf meiner Mailbox. Und was da gesagt wird, schockiert mich. Nicht der Inhalt, nein der Tonfall! Eine heitere, fast schon singende Arzthelferinnen-Stimme zwitschert fröhlich auf die Box: „Hallo Frau Günther, Pränatalmedizin der Uniklinik, Frau Blablabla am Apparat, ich grüße sie!!! Ich wollt nur mitteilen, dass sich Ihr Termin wegen einer anderen Patientin verschiebt. Wir können sie erst morgen aufnehmen. Kommen Sie doch bitte um halb zehn zur stationären Aufnahme. Danke und bis dahin. Tschüüühüüüüüß." Ende des Singsangs. Ist das ihr Ernst? Ich starre meinen Hörer an. Wie pietätlos ist das denn? Werden diese dummen Vorzimmer-Arzthelferinnen nicht für solche Telefonate geschult? Was für eine dumme Pute. Hier geht es doch nicht um einen Termin für ein Bleaching beim Zahnarzt oder fürs Fettabsaugen. Es geht um meine Tochter. Um Leben und Sterben.

Und obendrein bin ich wütend, dass unser Termin einfach verschoben wird. Als sei es eine Kontrolluntersuchung beim Gynäkologen.

Hinzu kommt die Tatsache, dass der Geburtstag meiner Mutter vor der Tür steht. Der Termin zur Einleitung ist einfach zu knapp davor. Was wenn Hedis Geburt auf Mamas Geburtstag Tag fällt? Nein, das wäre nicht schön. Hedi hat ihren eigenen Tag verdient. Und Mama auch. Wir müssen diesen Termin morgen wieder absagen. Wieder verschieben. Nun schon das vierte Mal. Aber das ist mir mittlerweile auch egal.

Ich ruf in der Klinik an. Doch statt mich mit diesen unfähigen, pietätlos-singenden Schnepfen am Empfang aufzuhalten, verlange ich direkt einen Arzt, um über alternative Termine zu sprechen. Mir wird ein Rückruf versprochen.

Als der endlich kommt, werde ich wieder enttäuscht. Statt Verständnis für unsere Situation zu äußern, erklärt mir die Ärztin, die Pränatalmedizin sei kein Termin-Geschäft und sie könne mir kein Datum zu sichern.

Ja man, das erwarte ich auch gar nicht. Zumindest keinen festen Tag. Aber wenigstens vielleicht einen groben Zeitraum. Ich will nur, dass sie begreift, dass unsere Familienfeiern nicht mit Hedis Geburt zusammenfallen sollen und ich erst ab Ende Oktober wieder bereit bin. Diesmal nach meinem eigenen Geburtstag.

Statt an dieser Stelle Verständnis zu zeigen, einzulenken und abzunicken, fragt sie „Frau Günther, wollen sie diese Einleitung überhaupt?! Sind sie sich noch sicher?"

Wie bitte? Sicher sind wir uns sicher!!! Seit mehr als einem Monat kreisen unsere Gedanken um nichts anderes. Gott, bin ich sauer.

Gut, denke ich, ich glaube ich muss der Ärztin mal klar machen, dass wir hier nicht über den Termin für einen Kindergeburtstag sprechen, also poltere ich los: „Glauben Sie, wir machen uns einen Spaß daraus? Denken sie wirklich, wir verschieben hier aus Jux und Tollerei unsere Termine in der Klinik? Wegen irgendwelcher Geburtstage entfernter Verwandter? Unsere Familie hat nun mal so viele Feiern im Oktober und die haben ALLE eine Bedeutung. Und dass mein

Partner obendrein vor einer Woche mit Herzrasen in der Notaufnahme landet, war auch nicht planbar. Also was wollen Sie uns vorwerfen? Dass wir Termine aus Gründen verschieben? Wir sind uns sicher, dass wir einleiten werden. Denn ich sag Ihnen jetzt auch mal warum, auch wenn ich das nicht muss: Wir wollen unbedingt verhindern, dass unsere Tochter in meinem Bauch einsam und allein verstirbt. Wir wollen ihr, wenn möglich, die Chance geben, in unseren Armen zu sterben. Aber Ihre Termine kollidieren ständig mit unserem Leben. Das ist ja wohl nicht unsere Schuld."

Bäm!!! Das hat gesessen, denke ich. Leg dich nicht mit mir an. Siebeneinhalb Monate Schwangerschaft reichen mir, um zur Löwenmama zu werden.

Am anderen Ende tatsächlich kurz Stille… und dann: „Ach so. Sie wollen gar nicht, dass wir bei ihrer Tochter …" Und dann das unfassbare, widerwärtige, ans dritte Reich erinnernde Wort „einen Fetozid vornehmen?"

Mir verschlägt es fast die Sprache. Mein Baby mit einer Kaliumchloridspritze vorab in meinem Bauch töten???

„NEIN! Wie kommen Sie denn darauf? Das hatten wir von Beginn an ausgeschlossen und auch deutlich kommuniziert!"

Ich bin fassungslos. Wie können diese Götter in Weiß denn so einen entscheidenden Satz überhört haben. Das haben wir in den Vorgesprächen schon zwei Ärzten gesagt. Ich bin sprachlos.

„Ja dann sieht die Sache wohl anders aus", fährt die Ärztin fort. „Dann sollten Sie vor der Einleitung noch mit unseren

Kinderärzten sprechen." „Ja, das hatten wir auch vor", antworte ich. „Das wollten wir an dem Tag machen, an dem wir aufgenommen werden."

Die Ärztin verspricht mir einen Termin mit der Pädiatrie zu vereinbaren und sagt: „Gut, dass wir doch noch mal telefoniert haben." Ja, denke ich, allerdings. Wessen Idee war das bloß? Ich bin immer noch entsetzt darüber, wie so ein entscheidendes Detail untergehen konnte. Aber gut. Jetzt ist es nochmal in aller Deutlichkeit geklärt worden und die Ärztin verspricht mir, dass wir die ersten sein werden, die ab dem 30. Oktober angerufen werden. Na, geht doch. Ich lege auf und denke: „Was ein Scheiß! Was müssen wir hier eigentlich durchmachen?"

ES IST ZEIT!!!

Doch es verschafft uns noch mal Zeit mit Hedi. Ein paar Tage zumindest. Vielleicht sollte es so sein? Vielleicht will unsere Tochter, dass wir vor Tag X noch den Geburtstag meiner Mutter feiern können und auch meinen eigenen. Auch wenn ich weiß, dass er nicht gefeiert wird.

Meine einzige Sorge ist, dass es die Kleine das bis dahin auch schaffen wird. Denn ich merke, dass sie schwächer wird. Es ist nur ein Gefühl, aber es ist eben die Intuition und ich bin ihre Mama. Wer sollte es besser wissen? Die Ärzte? Die sogar behaupteten, meine Tochter könne weder fühlen, noch hören, geschweige denn etwas spüren. Alles was wir spüren und auf dem Ultraschall sehen, ihre Bewegungen, alles nur Reflexe. Ihr Gehirn sei durch die Erkrankung so unterentwickelt, dass sie nicht fühlen könne, sagen sie. Bullshit. Meine Tochter fühlt alles, was wir machen, was wir sagen, ob es mir gut oder schlecht geht. Ob ich unter Menschen bin oder allein zuhause rumliege. Auf alles habe ich immer eine Reaktion von Hedi bekommen. Die Ärzte und ihre Scheiß-Besserwisser-Wissenschaft haben doch keine Ahnung, was meine Tochter fühlen kann. Haben sie jemals ein Trisomie 18 krankes Kind befragt? Nein! Wie auch. Die können, wenn sie überhaupt so alt werden nämlich nicht sprechen.

Was das Thema Fühlen angeht, sollten sich die Ärzte mal nicht so weit und dreist aus dem Fenster lehnen. Das sollten sie den kranken Kindern und ihren Müttern, die sie austragen, überlassen.

Und ich fühle eines ganz sicher: Es wird Zeit. Es ist Zeit, Hedi gehen zu lassen. Solange sie noch lebt und stark genug ist für die Geburt.

Noch 3 Tage bis zum 30. Oktober. Mein Geburtstag könnte der Tag werden, an dem wir den entscheidenden Anruf der Klinik bekommen und diesmal auch wirklich hingehen.

## WIR SIND BEREIT

Und so kommt es auch. Heute – an meinem Geburtstag - sind wir in die Klinik gegangen. Heute wird noch nicht viel passieren. Nur die stationäre Aufnahme, ein paar Untersuchungen und ein Gespräch mit dem Arzt. Die Geburt selbst wird erst morgen eingeleitet. Dass mein Geburtstag heute dafür drauf geht ist uns egal. Wichtig ist nur, dass wir Hedi den bestmöglichen Weg auf diese Welt ebnen und sie IHREN EIGENEN Tag bekommt. Den hat sie sich verdient, unsere tapfere, süße Kämpferin.

8 Wochen liegen nun zwischen der grausamen Diagnose und jetzt. 8 Wochen, in denen wir geweint, getrauert, gezweifelt, gehadert und die Welt verflucht haben. Wochen, in denen wir manchmal am liebsten aufgegeben hätten. In denen wir es aber auch trotz allen Schmerzes geschafft haben, noch mal intensiv mit unserer Tochter zu leben, intensiv versucht haben, sie unsere Nähe spüren zu lassen. 8 Wochen, in denen wir gelitten und gestritten haben. Schier verzweifelt sind und ständig unsere Entscheidung in Frage gestellt haben. Es brauchte diese Zeit bis heute. Erst jetzt fühlen wir uns sicher, das Richtige für die Kleine zu tun. Und ich bin dankbar, dass wir vor 8 Wochen rein intuitiv gehandelt und erstmal im wahrsten Sinne des Wortes Nichts gemacht haben, außer getrauert. Statt aus einer Kurzschlussreaktion heraus einzuleiten. Denn dass wir uns diese 8 Wochen, diese wertvolle Zeit genommen haben, war keine bewusste Entscheidung. Jetzt weiß ich, dass sie gut war. Und richtig. Für

alle. Für Hedi, für Arndt, für mich und auch für unsere Familien und Freunde. Alle konnten noch mal ganz intensiv mit Hedi und uns Zeit verbringen.

Doch jetzt - diesen letzten Weg - den gehen wir drei allein. Jetzt wird keiner mehr informiert oder dazu geholt. Niemand weiß, dass wir heute ins Krankenhaus gegangen sind. Alle Geburtstagsanrufe bleiben diesmal unbeantwortet.

Wir wollen diesen Weg jetzt ganz allein als kleine Familie gehen. Ich fühle mich bereit. Ja, es klingt sicher sonderbar, ich freue mich sogar. Es ist die Freude auf meine Tochter! Nicht auf das, was damit Trauriges verbunden ist. Nicht auf das, was danach noch über uns einbrechen wird. Ich freu mich einfach auf Hedi. Darauf, sie zu halten und endlich sehen zu können. Kennengelernt haben wir sie ja irgendwie schon: Die kleine Kämpferin hat uns in den letzten 28 Wochen gezeigt, was für ein starkes Wesen sie ist. Jetzt freue ich mich einfach nur auf sie, auf ihr Gesicht, ihre Stupsnase, ihren Geruch. Auf das süße Mädchen, das sie sein wird. Hedi, wir warten auf dich.

## WUNDER ODER WUNSCHTRAUM?

Es ist die Nacht vor der Einleitung. Ich kann kaum schlafen. Scheiß Krankenhaus. Wieso schläft man in Krankenhäusern immer so schlecht, bzw. so gut wie gar nicht? Ok in meinem Fall liegt auch der wohl krasseste Tag meines Lebens vor mir. Nur Arndt, der kann immer schlafen. Den kannst du überall ablegen. Auch in Krankenhäusern. Wohl ein Männerphänomen.

In den wenigen, gefühlt nur Minuten, die ich schlafe, träume ich. Von der Geburt und von einem Baby. Meinem Baby. Allerdings ist es kein Mädchen, sondern ein Junge. Auch er wird viel zu früh geboren und ist deswegen sehr, sehr klein. Aber er ist gesund. Keine Krankheiten, Auffälligkeiten oder Fehlbildungen. Und dass, obwohl wir auch in diesem Traum die Geburt aufgrund derselben Diagnose eingeleitet haben. Doch als der Kleine geboren ist, ist alles in Ordnung. Nur dass er noch sehr klein und zu früh zur Welt gekommen ist. Aber er ist lebensfähig und wie es scheint gesund.

Was will mir dieser Traum sagen? Gibt es doch Wunder, darf ich noch an ein Wunder glauben? Oder spiegelt der Traum einfach nur meinen innigsten Wunsch wider?

Oder eine Vision meiner Zukunft, mit einem weiteren Kind, einem Jungen? Oder hat er keine Bedeutung? Ist er ganz einfach und schlicht die Verarbeitung der Eindrücke der letzten Tage und Stunden?

Denn eigentlich glaube ich nicht mehr an ein Wunder. Auch wenn dieser Traum eine so warme und wohlige Stimmung in mir verbreitet hat, dass ich am liebsten daran glauben will. Aber dafür bin selbst ich zu sehr Realistin. Alles spricht gegen ein Wunder. Allein schon, dass unsere Kleine viel zu langsam wächst. Sie wiegt gerade mal um die 580 Gramm in der 29. SSW. Jeder der schon mal schwanger war oder eine schwangere Frau begleitet hat, weiß, dass das viel zu wenig ist. Und auch meine Plazenta ist viel zu klein und wächst nicht mehr. Auch die Nabelschnurdurchblutung lässt darauf schließen, dass der Mutterkuchen bald nicht mehr das tut, was er soll. Unser Baby versorgen. Denn die Plazenta hat denselben Gendefekt wie Hedi. Das alles hat uns die Ärztin gestern bestätigt.

Es spricht einfach viel zu viel dagegen, als dass ich an ein Wunder glauben könnte. Außerdem bin ich die klassische Zweckpessimistin. Wenn's am Ende doch besser kommt, als erwartet, kann ich mich immer noch freuen. Aber das funktioniert wohl nur bei Alltagsproblemen. Das hier, Hedis Schicksal, kann ich nicht mal als Zweckpessimistin betrachten. Hier bin ich nur Mama und Realistin. Und möchte nur eins: Nicht träumen, sondern das Beste hoffen.

Und das Beste ist, dass unsere Tochter nicht leidet, friedlich den Weg auf diese Welt schafft und wir sie im Arm halten dürfen, bis sie diese Welt wieder verlässt. Hoffentlich ohne Schmerzen. Ja... darauf allein wage ich zu hoffen.

## WEHENSTURM

Am 31.10. Um 11 Uhr morgens bekomme ich das erste Wehenmittel. Der Arzt sagt: „Es dauert bis zu 20 Stunden, bis Sie was merken." Ok. Ich frage nach den Schmerzen, weil ich gelesen habe, dass künstlich eingeleitete Wehen so heftig sein können, dass sie einen Dauerschmerz auslösen. „Machen sie sich keine Sorgen", sagt der Arzt, „das ist fast nie so. Sie werden frühestens in 20 Stunden was merken."

Na dann. Ich nehme die erste Tablette.

Nach etwa 2-3 Stunden bekomme ich die ersten Wehen. Noch harmlose, so als hätte ich meine Tage. Aber dabei bleibt es nicht. Sie werden schnell stärker und trotzdem soll ich nach 4 Stunden die nächste Tablette nehmen. Jetzt im Nachhinein weiß ich und auch alle anderen: Die war total überflüssig. Denn was nach der zweiten Tablette passiert, ist ein Sturm der Schmerzen. Dauerhaft, ohne Pausen, so dass ich kaum noch Luft bekomme. Die Wehenpausen fehlen komplett. Stattdessen 5 Stunden Dauerschmerzen. Weiter will ich das gar nicht beschreiben. Nur so viel. Weil kein Schmerzmittel hilft, bekomme ich eine PDA. Die betäubt meinen Unterleib. Bis die anschlägt, bekommt es der arme Anästhesist ganz schön ab. „Arschloch. Alle Ärzte sind Arschlöcher", schreie ich ihn an. „Keiner sagt einem vorher die Wahrheit. Niemand hat mich vorgewarnt. Kein Schmerzmittel hilft. Alle Ärzte lügen! Der soll nicht so viel rumlabern, sondern seinen Job machen..." Ja, ich bin nicht gerade höflich. Auch nicht, als er mich über meine Gerinnungswerte abfragt. Ich blaffe ihn nur an, das stünde alles in meinem Mutter- UND in meinem Notfallpass. Wofür ich denn sowas hätte, wenn ich jetzt doch unter Schmerzen alles nochmal beantworten müsse?

Arndt sitzt nur peinlich berührt daneben und versucht mich zu beruhigen. Aber erst als die PDA endlich wirkt, komme ich wieder runter. Kleinlaut entschuldige mich für meinen Ausbruch.

Denn schließlich ist er ja auch der Arzt, der mich von meinem Schmerz erlöst hat. Zumindest von dem Wehensturm, wie er es nennt, der von den Tabletten ausgelöst wurde.

Arndt ist in diesen Stunden fast verzweifelt. Er konnte nur zugucken, zu hören. Konnte nicht viel machen, außer Wasser oder die Hebamme holen oder meine Hand halten. „Pack zu, tu mir weh, das hilft", hat er immer wieder gesagt. Er wusste es nicht besser, er wollte mir nur helfen. Doch die Schmerzen im Unterleib zerrissen mich fast, ich hatte gar keine Kraft zusätzlich noch seine Hand zu drücken.

Als die PDA sitzt, ist es 18 Uhr am Abend des 31.10. So langsam wird uns klar, unsere Tochter hat es eiliger, als wir vorher dachten. Ob sie noch heute zur Welt kommt? Plötzlich mache ich mir Sorgen! Was wenn meine starken Wehen ihr geschadet haben? Ich frage die Hebamme, ob wir ihren Herzschlag checken können, damit ich weiß, dass es Hedi noch gut geht...

Die Hebamme holt das CTG Gerät. Sucht Hedis Herztöne. Doch nichts. Nur andere Geräusche. Kein Herzschlag. Sie holt die Ärztin dazu. Die macht einen Ultraschall. Sucht auch den

Herzschlag auf dem Monitor. Doch das Bild bleibt ruhig. Keine Bewegung, kein Herzchen, das pumpt. Mir wird klar: Hedi hat es nicht geschafft. Ihr kleines Herz hat aufgehört zu schlagen.

„Es ist ok" sagte ich leise. „Es ist ok, wir wussten, dass das passieren kann."

Ja wir haben gewusst, dass der Geburtsstress zu viel für sie werden kann. Ich schaue Arndt an, er drückt meine Hand. Wir sagen nichts.

Warum wir bei der Nachricht so ruhig blieben? Wir waren bei ihr! Jeder unserer Gedanken, seit der ersten Tablette am Mittag, gehörte Hedi. Unsere Tochter war nicht allein, als ihr Herz aufhörte zu schlagen. Wir waren mit ganzem Herzen bei ihr. Das zählte. Dass Hedi unsere Gedanken, unsere Nähe gespürt hat, als sie ging.

## HEDI WAR HIER

Jetzt wollen wir nur, dass unsere Kleine noch am selben Tag geboren wird. Der 31.10. soll IHR Tag werden. Das machen wir auch der Hebamme klar. Sie verspricht, alles zu tun, was möglich ist. Und das tut sie auch, zusammen mit der Ärztin. Mit ein bisschen Unterstützung durch einen Piecks wird meine Fruchtblase geöffnet. Dann geht alles ganz schnell und problemlos. Mein Körper macht mit, der Muttermund öffnet sich vollständig und auch Hedis Köpfchen findet wie selbstverständlich den Weg durch mein Becken nach draußen. Ich kann es spüren, ihren kleinen Kopf in meinem Geburtskanal. Es ist ein schönes, ursprüngliches, intimes Gefühl, dass mich mit meiner Tochter verbindet.

Um 21:12 Uhr ist Hedi da.

Ganz warm, mit weicher Haut, voller Käseschmiere und Blut wird sie auf meine Brust gelegt. Sie sieht aus wie ein gesundes Baby. Zu klein und zu früh ja, aber gesund. Als würde sie nur schlafen. Auf den ersten Blick erinnert nichts an ihre Erkrankung, die schuld daran ist, dass sie nicht auf dieser Welt leben darf.

Sie ist unfassbar schön. Arndt und ich sind überwältigt. Hedi ist perfekt. Wir haben eine perfekte, bezaubernde, wunderschöne Tochter. Wir sind einfach nur glücklich. Wie sie da in unseren Armen liegt. 31 cm und 580 Gramm. Wir sind so unfassbar stolz auf sie und darauf, wie sie der Krankheit wochenlang den Kampf angesagt hat. Wie sie trotz aller negativen Vorhersagen zu so einem wunderschönen, starken Mädchen herangewachsen ist. Hedi hat tatsächlich versucht, es mit der Trisomie aufzunehmen, unsere kleine, tapfere, süße Kämpferin.

Die Stunden nach der Geburt sind die wertvollsten in meinem Leben. Was wir in diesen Momenten spüren, sehen und erleben ist mit nichts auf der Welt vergleichbar. Glück und Stolz. Aber auch Frieden und Erlösung für unsere Tochter. Wir sind erleichtert, dass sie nicht leiden musste. Gehen durfte, ohne Schmerzen zu haben. So friedlich, wie sie in meinen Armen liegt, so friedlich ist sie eingeschlafen. Sie sieht nicht angestrengt oder schmerzverzerrt aus. Nein, nur schön, entspannt und friedlich. Ja, denke ich, wir haben alles richtig gemacht. Wir haben ihr nach der schrecklichen Diagnose Zeit mit uns geschenkt. Zeit in Mamas Bauch. Dort, wo es ihr lange Zeit gut ging. Wir haben sie so gut es ging an unserem Leben teilhaben lassen. Und ihr ist es zu keiner Sekunde schlecht gegangen. Nur die Geburt selbst war zu heftig für die Kleine.

Eine Pastoralreferentin kommt zu uns in den Kreißsaal und tauft unsere Tochter auf den Namen Hedi Katharina. Auch eine Sternenfotografin haben wir bestellt.

Aus den ersten Stunden nach der Geburt mit ihr im Kreißsaal, werden 3 Tage mit unserer Tochter. Das größte Glück, in der tiefsten Trauer.

## DIA DE LOS ANGELITOS

Am 31.Oktober kommen zuerst die kleinen Engel aus dem Jenseits, um ihre Familien zu besuchen. So besagt es eine Tradition der Mexikaner.

Vom 31.10. bis zum 2.11. wird dort jedes Jahr der Tag der Toten, der „Dia de los Muertos" gefeiert. Bunt, fröhlich, mit Essen, Trinken, Gesang und Tanz. Und genau in diesem Zeitraum ist unsere Tochter zur Welt gekommen. Sie kam am 31.10. mit den Engeln am „Dia de los Angelitos". So glauben es die Mexikaner. In dieser Nacht kommen zuerst die verstorbenen Kinder der Familien zu ihren Angehörigen zurück. Am 1.11. folgen die erwachsenen Verstorbenen. Und am 2.11. werden dann alle Toten gemeinsam auf den Friedhöfen des Landes mit bunten Feiern wieder ins Jenseits zurückgeschickt. Bis im nächsten Jahr, am Abend des 31. Oktober die Engel wieder den Anfang machen.

Unser kleiner Engel hat da dieses Jahr das erste Mal mitgemacht. Findet die mexikanische Tradition wohl genauso schön und positiv, wie wir. Noch ein Grund mehr auf sie stolz zu sein. Arndt und ich beschließen, irgendwann den „Dia de los Muertos" in Mexiko zu feiern und dort allen von Hedi, unserem kleinen Angelito zu erzählen.

## VERMISSEN

Am 1. November kommen Hedis Omas zu Besuch ins Krankenhaus und einige ihrer Tanten und Onkel. Obwohl sie leblos in ihrem Körbchen oder unseren Armen liegt, sieht sie aus, als schlafe sie nur. Keiner hat Berührungsängste. Alle bewundern unsere Tochter, halten sie, nehmen Abschied.

Am Abend gehen Arndt und ich vor die Tür. Mal raus aus dem Krankenhaus. Luft schnappen, was essen. Doch so gelöst die Stimmung zwei, drei Stunden auch ist, so heftig kommt die Trauer danach zurück. Das Vermissen ist plötzlich so schmerzhaft. Ich muss bitterlich weinen. Wieso kann Hedi jetzt nicht bei mir sein? Sie liegt doch nur 6 Stockwerke tiefer und doch kann ich sie nicht holen, um die ganze Nacht auf sie aufzupassen. Arndt versucht mich zu trösten. Sagt immer wieder, dass wir sie morgen doch noch mal sehen und halten werden.

Doch so sehr sie mir fehlt, frage ich mich gleichzeitig: Will ich das wirklich noch mal? Sie halten, sie sehen? Morgen ist sie schon 2 Tage tot. Und noch kälter. Und wie wird sie morgen aussehen oder sich anfühlen? Ich habe plötzlich Angst, meine Tochter nicht halten zu können. Ich schäme mich für meine Gefühle und muss noch heftiger weinen. Es tut mir so leid, ich schäme mich, weil ich Angst davor habe, sie zu halten, sie zu sehen.

Unruhig schlafen wir diese Nacht ein. Immer wieder wache ich auf. Jedes Mal weine ich dabei und suche im Bett vergeblich nach meinem Mäh, mein Kuscheltier, dass ich seit meiner eigenen Geburt besitze. Dann fällt mir ein, es ist ja bei Hedi, es liegt neben ihr in ihrem Körbchen und soll auf sie aufpassen.

Als mir das mitten in der Nacht im Dunkeln klar wird, dass mein Mäh jetzt für immer mit meiner Tochter gehen wird, ist ihr Tod wieder so nah und so real. Es ist ein bitterer Schmerz. Ich kralle mir Hedis Decke, in die wir sie nach ihrer Geburt gelegt haben und kuschle mich an Arndt. Hoffe, zur Ruhe zu kommen. Doch die Nacht bleibt unruhig. Ich träume von Hedi und ihrem Tod. Diesen Traum werde ich wohl nie vergessen. Und auch nicht, wie er sich angefühlt hat:

Wir sind im Krankenhaus. Wir sind auf der Station auf der Hedi aufgebahrt wird. Auch hier im Traum liegt sie in ihrem Körbchen, mit ihren Kuscheltieren, Decken, ihrer Kleidung. Einfach genauso, wie wir sie auch in der Realität dort gebettet haben. Arndt und ich wollen unsere Tochter mit aufs Zimmer nehmen. Ich will sie aus dem Körbchen nehmen. Und dann, als ich sie berühre, meine Hände unter ihren zarten, winzigen Körper schiebe, wird sie mit einer Plötzlichkeit warm. Es sind nur Sekunden und ihre Temperatur ist wieder so warm, wie bei ihrer Geburt. Und dann gibt sie einen leisen, aber deutlichen Schrei von sich. „Arndt, sie wacht auf", rufe ich. „Hol einen Arzt!". Doch als der kommt, sagt er nur, „Frau Günther, Sie müssen aufwachen. Sie träumen." Und es stimmt, es ist nur ein Traum. Doch diese Berührung, diese Wärme, ihr Schrei waren für einen Bruchteil von Sekunden so echt, so wirklich, dass ich glaubte, sie lebt.

## WIE EIN KLEINES WUNDER

Was wir am nächsten Tag, dem 2. November dagegen erleben dürfen, ist kein Traum, sondern wahr und wie ein kleines Wunder.

Nach dem Frühstück holt Arndt unsere Tochter aufs Zimmer. Sie liegt wie immer in ihrem Körbchen, eingewickelt in ihren kleinen Umhang, den wir ihr haben nähen und besticken lassen. Ein kleines rotes Dreieckstuch haben wir ihr, wie einer kleinen Piratin um den Kopf gebunden. Sie sieht kalt aus. Ihre Nase ist ganz rot. Und ihre Haut eisig. Doch Arndt spricht mir gut zu. „Nimm sie. Halte sie. Leg sie auf deine Brust und wärme sie!" Er hat recht, es ist meine Tochter. Ich sollte keine Angst haben, sie zu halten, egal wie kalt sie schon ist.

Ich mache meinen Oberkörper frei. Trage nur eine Strickjacke, die ich um Hedi und mich legen kann und dann nehme ich sie heraus. Wickle sie aus ihrem Umhang und lege ihren nackten, zarten Körper auf meine Brust. Ihren Kopf bette ich auf meinen linken Arm und meine rechte Hand lege ich komplett unter ihren nackten Rücken und Po. Dann decke ich uns zu. Mit meiner Strickjacke und ihrer Decke und beginne meine kleine Tochter hin und her zu wiegen. Arndt lässt uns ein wenig allein. Er will meine Schwester vom Bahnhof abholen.

Diese Stunde mit Hedi allein ist unsere Mama-Tochter-Quality Time. Die wertvollsten Momente mit ihr, neben denen bei ihrer Geburt und direkt danach.

Ich lese ihr vor, singe ihr vor, plaudere auf sie ein. Die ganze Zeit muss ich dabei weinen, aber es sind friedliche Tränen, nicht so bittere, wie vergangene Nacht. Es ist ein Moment voll tiefer Zärtlichkeit, voll Sehnsucht und Traurigkeit und gleichzeitig voll Stolz und Glück. Und während ich sie so halte, wiege und wärme geschieht es: Tatsächlich wird Hedi noch einmal warm. Ihre Haut wird heller, ihre Wangen sogar rosig. Ihre Haut schwitzt. Ich trockne sie. Natürlich weiß ich tief in mir, dass das alles nur natürliche Reaktionen sind. Aber es fühlt sich an wie ein kleines Wunder. So, als würde ich ihr noch mal ein Stück Leben, meine ganze Liebe und Wärme und ein Stück meiner Seele einhauchen könne. Ich lächle sie an. Mein kleiner Engel. Ich bin so stolz, dich kennen zu dürfen.

Arndt kommt zurück. Mit meiner Schwester. Auch sie will Abschied nehmen. Nach einer halben Stunde bringe ich sie heim. Ich will Arndt auch die wertvolle Zeit allein mit Hedi schenken, die ich mit ihr hatte. Auch er soll seine eigene kleine Papa-Tochter-Quality Time haben.

Nach einer Stunde kehre ich zurück. Da liegt er gerade mit ihr auf dem Bett und erklärt ihr die Fußballregeln. Typisch denke ich und grinse. „Sie soll schließlich im Himmel mit ihren beiden Opas fachsimpeln können.", erklärt Arndt. Voller Stolz betrachte ich diesen wundervollen Mann, wie er unsere Tochter hält.

Ich nehme sie noch mal in meine Arme, zu dritt genießen wir unsere letzten Momente als Familie. Ich streichle ihr Gesicht, ihre süße Stupsnase, ihre winzigen geschwungenen

Lippen. Und flüstere ihr zu, wie unrecht der „Arzt des Grauens" hatte. Keine Lippen, die mit der Nase verwachsen sind, keine verkürzte Nase. Oder was er noch meinte, alles im Ultraschall gesehen zu haben, damals am 11. September. Nein alles ist perfekt. Dieser doofe Arzt hatte einfach unrecht. Hedi ist wunderschön. Zart und winzig ja, sie ist ein Frühchen, aber alles ist perfekt. Diese doofe Trisomie sieht man ihr nicht an. Nur ihre kleinen Füßchen sind leicht fehlgestellt. Es ist kaum zu glauben, dass sie krank ist, krank war. Doch gegen dieses scheiß dritte 18. Chromosom hatte sie keine Chance. Nicht ihre Organe, nicht ihr Herz, nicht meine Plazenta. Wir haben sie erlöst, bevor sie leiden musste. Das war alles, was wir für sie tun konnten. Und jetzt an diesem 2. November, 2 Tage nach ihrer Geburt können wir sie halten und wärmen, ihr unsere Liebe schenken und ihre kleine, unschuldige Seele zu ihren Opas schicken.

Als wir sie an diesem Nachmittag anziehen und ins Körbchen legen und ihre Kuscheltiere ganz eng an sie schmiegen, wissen wir: Es ist das letzte Mal, dass wir sie sehen. Ich küsse sie noch ein paar Mal: „Ich liebe dich so sehr. Du darfst jetzt gehen. Wir sind stolz auf dich. Hab keine Angst. Jetzt warten deine Opas auf dich und passen auf dich auf. Papa und Mama müssen noch hierbleiben, aber wir werden immer in Gedanken bei dir sein. Und irgendwann werden wir uns wiedersehen, meine kleine Maus." Still laufen die Tränen über mein Gesicht. Es ist unser eigener, leiser Abschied von unserer kleinen Hedi Katharina.

## ÄRGER STATT RUHE IN FRIEDEN

Am Abend sitzen wir wieder Zuhause in Decken gehüllt auf dem Balkon. In Mexiko werden die Toten jetzt wieder ins Jenseits geschickt. Wir schauen in den Himmel. Es ist bewölkt, keine Sterne zu sehen. Wir lassen Hedis Musik laufen. Schicken sie noch mal ganz fest in Gedanken in den Himmel. Sprechen mit ihr, stoßen auf sie an.

Am Sonntag sagen wir dem Bestatter Bescheid, dass er Hedi am Montag im Krankenhaus abholen darf. Wir wollen sie jetzt nur noch gut behütet auf ihrem letzten Weg zur Einäscherung wissen. Sehen wollen wir sie nicht mehr. Wollen sie so in Erinnerung behalten, wie wir sie am Samstag verabschiedet haben.

Wir hoffen auf eine schnelle Einäscherung. Wollen nicht, dass sie noch lange irgendwo aufgebahrt werden muss, sondern auch ihr Körper endlich Ruhe findet. Doch da machen uns die Klinik und die Polizei einen Strich durch die Rechnung. Am Montag erreicht uns ein Anruf des Bestatters, der uns erneut in schiere Verzweiflung stürzt. „Ihre Tochter ist von der Polizei noch nicht freigegeben worden. Ich muss erst darauf warten, bevor ich sie einäschern darf. Solange sind mir die Hände gebunden. Ihre Tochter wurde uns zwar übergeben, aber OHNE ihr Körbchen."

Was in diesem Moment mit mir passiert, ist schwer zu beschreiben. Ich schreie los und weine. „Wie kann das sein? Sie braucht doch ihr Körbchen, da haben wir sie behütet reingelegt und zurückgelassen. Mit ihren Kuscheltieren, den Fotos ihrer verstorbenen Opas. Wer nimmt sie denn da raus? Wer tut denn so etwas?" Der Schmerz bricht mir fast das Herz. Selbstvorwürfe quälen mich: „Ich hätte sie nicht allein lassen dürfen. Ich hätte solange bei ihr bleiben müssen, bis sie zur Einäscherung geht." Es ist die pure Verzweiflung einer Mutter, der die Hände gebunden sind. Nichts kann ich tun. Der Bestatter verspricht Arndt am Telefon, sich zu kümmern und alles zu tun, um ihre Sachen und ihr Körbchen so schnell es geht aus dem Krankenhaus zu bekommen. Und die Klinik oder denjenigen, der das verbockt hat dort „zur Sau zu machen", so seine Worte. Als Arndt auflegt bricht auch er in Tränen aus. Erst am Abend können wir uns langsam beruhigen, als der Bestatter uns anruft und sagt, dass unsere Tochter nun bei ihm im Bestattungshaus sei, mit all ihren Sachen, wieder in ihrem Körbchen. Erst da finden wir wieder etwas Ruhe.

Doch auch am nächsten Tag ist Hedi immer noch nicht freigegeben. Es könne bis Ende der Woche dauern, teilt die Polizei dem Bestatter mit. Es ist Dienstag. Sie soll noch bis Freitag in dem kalten Bestattungshaus liegen? Statt endlich Ruhe zu finden? Die Vorstellung macht uns fast wahnsinnig. Ich kann nicht begreifen, was das so lange dauert. Wieso muss sie überhaupt „freigegeben" werden, wie ein Beweisstück in einem Kriminalfall. Sie ist doch nur unser kleines unschuldiges Mädchen.

Bis Donnerstagfrüh halte ich durch, dann wird es mir zu bunt. Scheiß Bürokratie-Deutschland. Wie kann so ein Behördenmist unsere arme, unschuldige Tochter festhalten? Solange kann es doch nicht dauern festzustellen, dass unsere

Tochter nicht durch Fremdverschulden gestorben ist. Sie will doch nur endlich in Frieden gehen.

Wieder kommt die Löwenmama in mir zutage. Ich rufe bei der zuständigen Polizeibehörde an. Die Frau am anderen Ende bekommt die ganze Wut und den verbissenen Kampf einer leidenden, trauernden Mutter ab. „Wenn meine Tochter bis heute Abend nicht freigeben wird, gehe ich mit der ganzen Geschichte an die Presse" drohe ich. „Es handelt sich hier um ein unschuldiges, kleines Mädchen, dass auf natürlichem Weg verstorben ist. Was fällt ihnen ein, sie solange festzuhalten. Das ist ein gefundenes Fressen für jede Zeitung und das Fernsehen. Sie sollten sich mal lieber um echte Verbrechen kümmern, statt trauernde Eltern solange hinzuhalten."

Meine Worte zeigen Wirkung. Zumindest verspricht die Beamtin mir, am Ball zu bleiben, die Staatsanwaltschaft zu kontaktieren und dafür zu sorgen, dass unsere Tochter noch heute freigegeben wird. Und sie hat ihr Versprechen gehalten.

Am Donnerstagabend gibt uns der Bestatter Bescheid, dass er Hedi zur Einäscherung bringen darf. Direkt am nächsten Abend.

## KERZEN FÜR HEDI

Es ist der Tag ihrer Einäscherung. Um 20 Uhr soll es passieren. Arndt und ich fahren abends ans Rheinufer... mit Hedi. Wir haben zwei gerahmte Fotos von ihr dabei, ihre Geburtskerze, die wir von der Pastoralreferentin geschenkt bekommen haben, Blumen und ihre Musik. Wir wollen fest an sie denken, wenn auch ihr Körper auf seine letzte Reise geht.

Ich schicke meiner Familie ein Foto in die Gruppe und schreibe, dass es heute Abend soweit ist. Dass nun auch Hedis Körper endlich Ruhe finden wird.

Der Eintrag in der Familiengruppe mit unserem Foto ist ein Selbstläufer. Eine Kerze nach der anderen wird für Hedi angezündet. Alle schicken uns ihre Bilder. Hedi hat all ihre Herzen erobert. Dankbar lesen wir die Nachrichten meiner Familie und betrachten die Fotos ihrer Kerzen.

Um punkt 20 Uhr lassen wir Udo Lindenberg laufen: „Stärker als die Zeit".

Arndt und ich finden Frieden in dem Gedanken, dass nun auch ihr kleiner Körper endlich seine letzte Reise geschafft hat. Endlich nicht mehr gestört und von A nach B gefahren werden kann. Nur ihre Asche muss noch zur Ruhe gebettet werden.

Unser letzter Weg für Hedis Reise. Ihre Beisetzung.

## TIEF IM LOCH

Es kommt, wie angekündigt. Nach der Euphorie über die schöne, wenn auch traurige Geburt, über das einmalige Erlebnis mit unserer Tochter, kommt etwa eine Woche später das tiefe Loch. Wir wurden vorgewarnt von Seelsorgern, Betreuern und Ärzten. Und doch überrascht es uns.

Bis zur Beisetzung sind es noch etwa 2 Wochen. Hedis Asche in einer Urne ist solange bei uns. Es gibt noch einiges zu organisieren. Doch statt Energie zu verspüren, um Hedi ihren Abschied so schön wie möglich zu machen, bin ich wie gelähmt. So wie vor 2 Monaten nach der Diagnose. Handlungsunfähig. Antriebslos. Total überfordert mit dem Alltag. Alles ist leer und sinnlos. Ich fühle nichts. Da ist einfach nur tiefe Traurigkeit, die ich nicht bekämpfen kann. Und dazu kommt diesmal Panik. Ständig überkommt sie mich. Panik, das alles nicht zu packen. Panik, wenn Arndt zur Arbeit fährt. Panik auch ihn zu verlieren. Panik er könne einen Unfall haben. Diese Verlustangst ist so groß und ich kann sie kaum mit rationalen Gedanken bekämpfen. Ich heule mir zuhause die Augen aus dem Kopf während ich nur darauf warte, dass Arndt heimkommt.

Sowieso. Dieses Weinen. Es hört nicht auf. Immer und immer wieder laufen die Tränen. Und ich kann sie nicht stoppen. Habe schon Kopfweh davon. Ich bin einfach alltagsunfähig, gelähmt. Allein wie ich durch die Wohnung schleiche, falls ich mich überhaupt bewege. Gänsefüßchen in Zeitlupe, das ist meine Alltagsgeschwindigkeit. Arndt weiß mich kaum noch zu händeln. Trösten, Mut machen, nichts hilft. Seit 3

Tagen bin ich so und keiner bekommt mich aus dem Loch. Ich schreie, ich weine und schiebe Panikattacken. Am Ende packt mich Arndt und sagt: „Du musst hier raus. Wir fahren jetzt zu deiner Mama, du brauchst einen Tapetenwechsel." Er zwingt mich quasi meine Tasche zu packen. Dann fahren wir in meine alte Heimat. Zwei Wochen nach Hedis Geburt.

Nachher sagt meine Mama: „So habe ich dich noch nie erlebt, in all deinen 39 Jahren nicht." Sie sagt, sie war schockiert. Wie versteinert hätte ich dagesessen. Kaum was gesagt, kaum Regung gezeigt. Meine Stimme – sonst laut und deutlich – nur ein leises, brüchiges Flüstern.

Es ist auch so. Lautes Reden fällt mir gerade schwer, es ist so unfassbar anstrengend. Mein ganzes Auftreten sei ganz untypisch für mich. Ja mag sein, aber sowas, wie mit meiner Tochter, habe ich auch noch nie erlebt.

Doch trotzdem, der Besuch zuhause hilft. Mama zu sehen, zu fühlen, zu riechen, ihre Arme um mich zu spüren. Es ist so tröstend, als sie mich an sich schmiegt und mich hin und her wiegt, als wäre ich wieder vier Jahre alt und hätte einfach nur schlecht geträumt.

Mama bestellt Pizza, deckt den Tisch und macht es uns mit Wein und Kerzen gemütlich. Und tatsächlich esse ich das erste Mal seit Tagen wieder etwas. So langsam kehrt Leben in mich zurück. Meine Stimme wird deutlicher, klarer und meine Laune hebt sich. Es ist doch immer wieder ein kleines Wunder, was Mamas bewirken können. Ob ich auf Hedi auch so eine Wirkung gehabt hätte? Oder hatte ich sie bereits, als sie noch in meinem Bauch war?

Nach dem Wochenende in der Heimat, ist der ständige Drang zu weinen endlich weg. Zum Glück, denn so finde ich wieder etwas Kraft für andere Dinge. Es sind noch 4 Tage bis zu Hedis Abschied. Und es gibt noch einiges zu tun.

## HEDIS LETZTE REISE

Es soll ein Fest werden für unsere Tochter und keine Trauererveranstaltung mit langen Gesichtern. Wir wollen an Hedi denken und über sie sprechen, es darf geweint, aber bitte auch und unbedingt gelacht werden. Hedis Beisetzung soll eine Abschiedsparty für sie werden. Und so ein bisschen ist sie es auch geworden.

Wir haben eine Sternenbaum für unsere Kleine gefunden. Den teilt sie sich mit anderen Kindern, dann ist sie nicht allein. Den Gedanken finden wir schön. Der Baum steht in einem Trostwald im Bergischen, nur eine halbe Stunde von uns entfernt. Als wir mit der Urne und den Gästen auf den Weg in den Wald sind, scheint die Sonne, das Herbstlaub leuchtet, wenn es von den Bäumen fällt, es ist fast zu schön für diesen Anlass.

Im Wald gedenken wir erst unserer kleinen Maus. Arndt und ich sagen ein paar Worte und spielen über eine Box Hedis Musik. Jeder kann so den Moment für sich genießen und seinen Gedanken nachhängen. Es ist still und friedlich, nur die Musik ist zu hören.

Danach nehmen wir Abschied an Hedis Baum. Arndt lässt ihre Urne in die Erde. Ja, es fließen viele Tränen in diesem Moment. Bei uns, bei unseren Familien und Freunden. Doch es ist nicht diese schwere, dunkle Traurigkeit, die sich über uns alle legt. Es ist eine friedliche Stille. Eine – wenn es sie gibt – fast schon schöne Traurigkeit. Denn ja, jetzt ist es soweit: Es scheint, als hätten Arndt und ich nun, nach zweieinhalb Monaten endlich Frieden geschlossen mit dem Schicksal unserer Tochter. Wir wissen, dass da wo Hedi jetzt ist, es ihr besser geht, als es ihr hier auf dieser Welt je ergangen wäre.

Nach der Beisetzung fahren alle zu uns nach Hause. Die Stimmung ist gesellig, nicht bedrückt. Es wird geredet, gelacht und angestoßen. Ja, es ist ein Fest für unsere Tochter. Wir sind stolz auf sie, also dürfen wir sie auch feiern. Bis halb eins Nachts bleiben die letzten Gäste.

So blöd es vielleicht klingt: Aber glücklich und zufrieden gehen Arndt und ich an diesem Abend ins Bett. Wir sind uns sicher: So hätte Hedi sie gewollt: Ihre Abschiedsparty.

## WAS NUN? ZWEIFEL!

Es gibt nichts mehr zu tun. Wir haben keine Aufgaben mehr. Nichts, was wir noch für unsere Tochter tun könnten. Nach der Beisetzung fallen wir ins nächste Loch. Und damit beginnen die Konflikte.

Unsere psychologische Beraterin empfiehlt uns Therapeuten. Macht uns aber auch Mut: Wir seien ein starkes Paar, sagt sie und dass die Konflikte, die wir haben normal seien. Wir hätten doch sicher auch schon Reibereien VOR Hedi gehabt.

Ja, sicher. Aber da haben wir schneller wieder rausgefunden. Da hatten wir eine Hoffnung in uns, die uns nach vorn blicken, an das Gute glauben ließ. Aber genau das „Nach vorne blicken" fällt besonders mir unfassbar schwer. Für mich ist die Zukunft verschwommen, manchmal seh ich sie nicht. Das berühmte Licht am Ende des Tunnels, ich kann es nicht finden.

Doch unsere Beraterin versichert uns, wir hätten ein starkes Bündnis. Eine enge Verbindung, die auch vor Hedi schon da gewesen sei. Ich denke nur, krass, wie sie uns nach drei, vier Gesprächen schon einschätzt. Glaubt sie wirklich, was sie sagt? Oder will sie uns nur nicht entmutigen? Ich hoffe sie hat Recht, ich hoffe es.

Ich weiß, dass Arndt daran glaubt. Ich bin die Zweiflerin. Und Zweifler glauben nicht, die hinterfragen alles. Und das sorgt für Konflikte. Jeder Satz, jede Situation, einfach alles wird geprüft, abgewogen, fünfmal umgedreht und dann bewertet. Nichts kann ein Zweifler mal stehen lassen. Fünfe gerade sein lassen, nichts für Zweifler.

War ich immer schon ein Zweifler? Oder bin ich einer geworden? Ich weiß es nicht. Zweckpessimistin, die war ich schon immer.

Wenn ich der Beraterin glauben kann, dann müssen wir uns keine Sorgen machen. Unsere Beziehungs-Waage hätten wir immer wieder in Ausgleich bringen können und die würde sicher auch jetzt funktionieren. Ob von allein, weil wir es selbst erkennen, oder weil uns jemand einen Anstoß gibt, wie sie in unseren Gesprächen.

Wir müssen lernen als Paar mit der Trauer umzugehen und sie zu akzeptieren. Und das brauche Zeit. Und dafür brauchen wir Geduld.

Geduld. Na toll, auch nicht gerade meine Stärke. Ich solle akzeptieren, wenn ich antrieblos und handlungsunfähig bin. Das brauche meine Seele, um die Trauer zu verarbeiten. Das sei ein Prozess, der vorbeigehe. Deswegen solle ich die Starre akzeptieren und warten bis diese Phase der Trauer vorbei ist. Puh. Abwarten, Geduld haben, starr sein, nichts tun, alles nicht gerade meine Stärken.

Ich bin stattdessen ständig nur genervt von meiner Antriebslosigkeit und wünschte ich hätte die Kontrolle über mein Leben zurück. Denn gerade kontrolliert es mich und nicht umgekehrt. Und offenbar kann ich gerade nichts dagegen tun. Ich bin wie ferngesteuert. Das macht doch jeden aggressiv. Ich will einfach nur wieder die Alte sein. Die Katharina, in die sich Arndt mal verliebt hat. Spontan, verrückt, lebensfroh, begeisterungsfähig. Zurzeit bin ich von allem nur das Gegenteil.

Also mache ich mir einen Plan. Ich setze mir eine Deadline für meine Antriebslosigkeit. Bis dahin und dann gibst du Gas!

Zuerst ist es bis Weihnachten. Nichts. Das Gefühl bleibt. Die nächste Deadline: Bis nach dem Urlaub Mitte Januar. Dann bis ich wieder arbeite im Februar. Aber die Starre kehrt immer wieder zurück. Ich schaffe es einfach nicht, der Antriebslosigkeit den Stinkefinger zu zeigen. So wie Hedi ihn ihrer Krankheit gezeigt hat. Dabei war ihr Kampf aussichtslos und sie hat es trotzdem versucht. Also muss ich das auch schaffen, mir bleibt wohl keine andere Wahl. Außerdem will ich nicht mich, mein Leben und meine Beziehung zerstören. Denn mein Stillstand nervt auf Dauer nicht nur mich, sondern auch Arndt. Und das ist unfair ...

Unsere Beraterin empfiehlt uns, uns ein gemeinsames Ritual zu überlegen. Irgendwas, dass wir immer dann machen, wenn wir wieder zu viel Reibung haben. Etwas, das uns friedlich stimmt, bevor es knallt.

Ein Ritual, ok?! Nur was kann das sein? Die Beraterin meint so was wie gemeinsam etwas gestalten.

Basteln? Ähm nein!

Mein erster Gedanke: Sex. Ja, der holt uns immer runter, stimmt uns friedlich und ist ein gemeinsames Ritual. Aber ich glaube, das meint die Beraterin nicht. Aber wenn´s doch dieselbe Wirkung hat?! Später sagt Arndt, er hätte dasselbe gedacht. Was könnten wir sonst ritualisieren? Arndt und ich gehen gerne aus. Früher zumindest. Vor Hedi und der Schwangerschaft. Aber ob die Beraterin Ausgehen und Alkohol trinken als gemeinsames Ritual meinte...?! Ich denke nicht.

Aber Basteln und Gestalten ist eben nicht so unser Ding. Naja, außer der Steine, die wir für Hedi und die Gräber ihrer Opas bemalt haben. Aber das war ja nun auch keine lebensfüllende Aufgabe für ein Paar. Sex schon eher.... Ist das unpassend an dieser Stelle? Aber wenn er hilft und uns näher zueinander bringt? Und außerdem. Ohne ihn gäbe es keine Hedi. Also. Ritual gefunden.

## GRENZERFAHRUNG

Doch unsere Beziehung bleibt die reinste Grenzerfahrung. Unsere ewige Gereiztheit bringt uns ständig an den Rand des Erträglichen. Unsere Kräfte schwinden, von Normalität - keine Spur. Suchen wir zu krampfhaft nach ihr? Wollen wir sie zu sehr, zu schnell? Warum können wir einander gerade so schlecht verstehen und einschätzen? Wir stoßen uns nur vor den Kopf und wollen es doch eigentlich gar nicht.

Wir waren jetzt zweimal gemeinsam bei einer Therapeutin. Aber wirklich gebracht hat es uns noch nichts. Nur ein Ampelsystem, dass uns anzeigen soll, wann unsere Gereiztheit von grün auf gelb und dann auf rot springt. Warnsignale, die wir lernen sollen, rechtzeitig zu sehen, damit die Ampel gar nicht erst auf rot springt, also auf absolute Eskalation.

Unsere Ampel steht gerade eigentlich ständig auf gelb und ist immer kurz davor, auf rot zu springen. Grün ist die Ampel zurzeit nur selten. Das ist zermürbend und kraftraubend. Dabei dachten wir, die Situation vor Hedis Geburt wäre kraftraubend gewesen und das nach dem Abschied von ihr alles leichter wird. Das war wohl ein Trugschluss. Die ersten Wochen nach der Geburt schien es noch so. Aber gerade? Gerade herrscht Grenzgang an der Beziehungsklippe. Ständig droht einer zu fallen. Ständig zieht einer den anderen wieder hoch, um im nächsten Moment wieder zu stürzen.

Und dabei ist jeder für sich in seiner eigenen Trauer gefangen. Ich fühle mich oft einsam. Verlassen. Auch wenn ich rational weiß, dass ich es nicht bin. Ich suche Halt und Verlässlichkeit und wenn ich sie nicht direkt und spürbar bekomme, wie ich sie brauche, haut es mich direkt aus der Bahn…

Auch Wochen später haben wir unser Gleichgewicht noch immer nicht wiedergefunden. Die Waage, die wir doch angeblich schaffen immer wieder in Ausgleich zu bringen, wie die Beraterin uns beteuert hat, gerät immer häufiger ins Ungleichgewicht und bleibt da hängen. Arndt oben, ich unten. Und die Gewichte der letzten Monate rauben uns die Kraft sie abzuwerfen.

Stattdessen Ratschläge an jeder Ecke: „Raff dich auf". „Halte durch". „Ihr schafft das schon". „Du musst lernen die Stille zwischen euch auszuhalten, irgendwann könnt ihr wieder reden".

Ja schöne Worte, aber ohne Kraft nichts wert.

Diese Aussichtslosigkeit, diese Suche nach dem Licht am Ende des Tunnels hat mir meine Leichtigkeit genommen. Die Leichtigkeit, mit der ich sonst immer mein Leben angepackt habe.

„Das braucht Zeit, hab Geduld!" Aber ich habe keine Geduld. Noch nie gehabt. Kann man das wirklich lernen?

Auch Arndt´ ständiges Mantra: „Wir schaffen das, wir kriegen das hin!" ist für mich gerade zu viel. Mit diesem Satz hat sich doch schon Merkel bei ihrer (von mir definitiv unterstützten) Flüchtlingspolitik überschätzt. Am Ende waren es zu viele.

Und bei uns? Sind es am Ende zu viele Sorgen, die wir tragen müssen und mussten. Ich will Arndt ja glauben, dass wir das schaffen. Nur kann ich mich zur Zeit selbst nicht an dem Vorhaben beteiligen.

Ein paar Wochen später soll sich das ändern.

## AN DIE ARBEIT

Seit 3 Tagen arbeite ich wieder. Nur auf 80 Prozent. Aber immerhin. Es sind fünf Monate seit der Horrordiagnose vergangen und drei seit der Geburt.

„Das wird sicher helfen, du wirst neue Aufgaben haben und so wieder neue Perspektiven gewinnen.", sind die Worte meiner Familie, meiner Freunde und Kollegen. Und ich habe mich auch echt auf die Arbeit gefreut. Doch nach drei Tagen die Ernüchterung. Kein Energieschub, keine Perspektiven, stattdessen fühle ich mich ausgeschlossen.

Bin ich mal wieder zu ungeduldig?

Nach fünf Monaten, die ich nicht auf Arbeit war, muss ich erkennen, dass alle – irgendwie auch logisch - ihr Leben weitergeführt haben. Ohne mich. Ich bin auf der Strecke geblieben. Neue Freunde, neue Gruppierungen haben sich gefunden und ich steh nur am Rand und schaue zu. Zumindest fühlt es sich so an. Und mir fehlt der Mut, mich einzuklinken. Und keiner klinkt mich ein.

Die einen trauen sich wohl nicht an mich ran, sind wahrscheinlich unsicher, weil sie nicht wissen, wie sie mit mir umgehen sollen. Die anderen gehen zwar auf mich zu, aber nach wenigen Sätzen bricht das Gespräch meist ab, denn ich bin nicht sonderlich redselig. Was soll ich auch sagen? Ich habe in den letzten fünf Monaten nur eine Sache erlebt, eine große und lebensverändernde zwar, aber die will ich nun wirklich nicht jedem auf der Arbeit auf die Nase binden. Doch wenn man nichts zu erzählen hat, dann wird ein Gespräch oft sehr einseitig und schläft schnell ein.

Und in meiner Branche wirkt das schnell langweilig. Und Langeweile sowie ein geringer Unterhaltungswert sind tödlich. Wer hier nicht immer lustige oder wenigstens spannende Anekdötchen aus seinem Leben raushaut, dem wird nicht länger Gehör geschenkt. Der wird zum Zuhörer verdammt und im Zweifel übersehen oder vergessen. Ich könnte kotzen.

Aber sicher werden mir auch hier irgendwelche Besserwisser sagen: „Hab Geduld. Wenn du wieder neue Erfahrungen machst, was Neues erlebst, neue Perzeptiven hast, wirst du auch wieder was zu erzählen haben." Und da wären wir wieder bei meinem Lieblingsthema: Geduld. Sagte ich es nicht schon? „ICH HABE KEINE GEDULD!!!"

Ok, ich bin gereizt. Ja bin ich. Ich will einfach, dass alles schneller besser wird. Alle haben ihr Leben und darin ihre Aufgabe, ihre Berufung, ihr Ziel, ihre Hoffnung. Und ich? Ich habe meine Aufgabe, mein Ziel verloren. So fühlt es sich für mich an.

Denn eigentlich wäre jetzt – genau jetzt – mein kleines Baby auf der Welt. Vor wenigen Wochen – im Januar – war ihr eigentlich ausgerechneter Geburtstermin. Und ich hätte eine Aufgabe gehabt. Jetzt muss ich mir wieder eine neue suchen. Ist denn nur Arbeit die Aufgabe, die mir geblieben ist?

Denn das „Mama-Sein" ist verschoben. Auf unbestimmte Zeit… Oder vielleicht sogar schon für immer aufgehoben? Wer weiß das schon.

Ich weiß nur, mein Gejammer kotzt mich selbst an. Aber ich kann es gerade nicht ändern.

## WEITERMACHEN - NICHT STEHEN BLEIBEN

Irgendjemand hat mir in den letzten Monaten mal gesagt: „Das Schicksal gibt jedem das, was er aushalten kann." Aha... das Schicksal dachte sich also, ich könne es aushalten, ein Kind zu verlieren und meine Beziehung nach und nach in die Brüche gehen zu sehen?

Fucking Schicksal, da liegst du falsch. Ich bin nicht so stark. Und ich halte das genauso wenig aus, wie diejenigen, bei denen du gedacht hast „Nee, denen gebe ich diese Bürde nicht."

Was für eine dumme Weisheit. Wer denkt sich sowas eigentlich aus? Woher will das Schicksal wissen, was ich aushalte? Und soll das bedeuten, wäre ich bislang schwach durch mein Leben marschiert, wäre mir das nicht passiert? Was ist das denn für ein Bullshit?! Scheiß Lebensweisheiten!

Hat jemand auch eine Lebensweisheit dafür, dass Arndt und ich uns aus den Augen verlieren? Dass wir gerade in völlig unterschiedlichen Geschwindigkeiten unterwegs sind?

Ich bin ständig wütend. Auf mich und auf Arndt. Aber auch auf die Kollegen, auf Freunde, auf die Familie. Es kommt mir vor, als würden alle vergessen was war. Als wäre jetzt alles vorbei. Baby weg, weiter geht's! Ja sicher bin ich ungerecht, ihnen so was vorzuwerfen, aber so ist es nun mal. „Mach weiter, los! Das Leben wartet nicht auf dich!" rufen sie mir alle zu. Aber hat jemand mal drüber nachgedacht, dass ich nicht so schnell bin, wie das Leben?

Statt das aber offen anzusprechen, verkrieche ich mich. Weil ich mich schon gar nicht mehr traue, offen zu trauern. Dabei stoße ich die wichtigsten Menschen weg von mir und erreiche mit allem was ich tu, das Gegenteil von dem was ich will: Nähe, Verständnis, Hoffnung, neue Ziele und weniger Distanz.

Aber wie soll ich über das reden, was mich beschäftigt, was ich brauche, wenn ich immer denke, alle damit zu nerven? Darum schweige ich. Meistens. Nur nicht bei Arndt, mit ihm streite ich.

Was wir am Anfang so gut konnten, können wir gerade nicht mehr - reden. Früher haben wir uns blind verstanden, mussten uns nur ansehen und wussten, was wir denken oder was der andere will. Auch in der Zeit nach der Diagnose. Da waren wir EIN TEAM!!! Das scheint jetzt auf unbestimmte Zeit in die Kabine verbannt. Stattdessen sind nur noch Missverständnisse, Schweigen oder Streit auf dem Spielfeld.

Ich dachte immer die schwerste Zeit läge längst hinter uns. Aber wir sind noch immer mittendrin. Hedi ist tot. Beigesetzt. Alles erledigt. Was also jetzt?

Trauern wir so unterschiedlich? Wollen wir so unterschiedliche Dinge? Hat unser gemeinsamer Weg sich getrennt? Und wenn ja, werden unsere getrennten Wege wieder zu einem gemeinsamen zusammenfinden?

Ich glaube schon, dass Arndt einen gemeinsamen Weg sucht, bzw. mich auf seinen Weg ziehen will. Den zurück ins aktive Leben. Und zwar so schnell es geht. Aber die Fast Lane kann ich gerade nicht nehmen, das geht mir zu schnell. Arndt ist auf der Überholspur und ich halte ständig an. Sein Weg ist nicht meiner. Noch nicht. Damit würde ich mich gerade auch nur selbst betrügen.

Wir müssen einen Mittelweg finden, um wieder dahin zu kommen, wo wir mal waren - vor Hedis Schicksal.

Aber können wir überhaupt noch dahin zurück? Und vor allem: Wollen wir es? Hedi und ihr Schicksal gehören jetzt nun mal zu uns. Diese Erfahrung hat uns für immer verändert. Uns für immer geprägt. Sie ist ein Teil von uns. Und das ist auch gut so! Ich sollte es akzeptieren. Wahrscheinlich liegt darin die Lösung. In der Akzeptanz unseres Schicksals.

Ich werde nicht mehr die Alte sein. Nicht im Job, nicht als Freundin, nicht als Schwester, nicht als Tochter, nicht als Partnerin. Ich habe mich verändert. Hedi hat mich verändert. Ich bin jetzt Mama. Ich habe eine Tochter. Ich habe den Tod gesehen. Ich habe Wunden erlitten. Einige werden nie ganz heilen. Andere werden vernarben. Und diese Narben sollte ich lernen, mit Stolz zu tragen.

Hedi hat unser Leben verändert. Aber nicht nur das. Sie hat es vor allem bereichert.

## EPILOG

Monate später weiß ich es dann: Arndt und ich werden es schaffen. Wir haben gelernt mit Stolz auf das zurückzublicken, was wir geschafft haben, was wir durchgestanden haben. Wir können es auch sein. Denn wir haben unseren Weg ins Leben und in unsere Beziehung zurückgefunden. Mit Hedi in unserem Herzen.

Etwa 5 Monate nach der Geburt unserer Tochter bin ich wieder schwanger. Es hat uns völlig überrascht, uns verängstigt, aber auch gefreut und uns neue Hoffnung gegeben.

Fast genau ein Jahr nach Hedis Geburt wird ihr Geschwisterchen geboren ... ihr kleiner Bruder. Und der bekommt mit Hedi den besten Schutzengel, den er sich wünschen kann: Eine wahrhaftig süße Kämpferin.

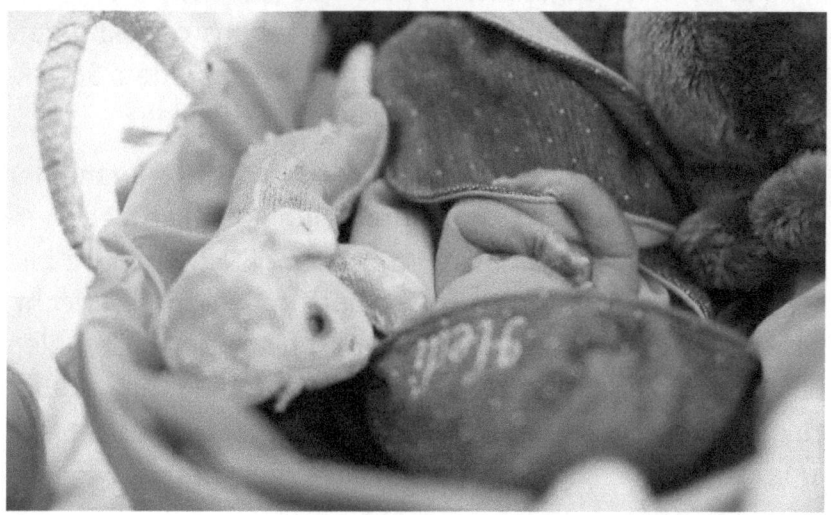

*Foto: dein-sternenkind.eu*

## DANKE

An dieser Stelle möchte ich Danke sagen: Dem Mann, ohne den ich diese Zeit nicht durchgestanden hätte.

Obwohl wir nicht auf diesen Schicksalsschlag vorbereitet waren – wie auch - haben wir es geschafft, oft sogar ohne Worte, den Weg gemeinsam zu gehen. Wie gut wir dabei funktioniert haben, wie gut wir als Team waren, ist mir erst jetzt, Monate später in der Retrospektive klar geworden.

Ich habe davor oft gezweifelt: An mir, an ihm, an uns. Hatte Angst, wir könnten uns verlieren. Jetzt weiß ich, dass wir im Grunde immer dasselbe Ziel hatten und es nie aus den Augen verloren haben. Wir wollten immer das Beste für Hedi und das Beste für unsere kleine Familie.

Jetzt kann ich sagen: Ich bin stolz auf uns. Wie wir uns in den schlimmsten Momenten unseres Lebens oft blind verstanden und einfach gewusst haben, wie wir mit dem Schicksal und dem Tod unserer Tochter umgehen wollen.

Danke. Dadurch weiß ich, dass Du der Richtige an meiner Seite bist. Auch wenn du mal Probleme im stillen Kämmerlein mit dir selbst ausmachen musst, weiß ich jetzt, du bist grundsätzlich niemand, der wegläuft oder sich verkriecht. Dafür bin ich dir so dankbar. Du stellst dich deinen Gefühlen und auch meinen. Und vor allem bist du bereit offen darüber zu reden. Und genau das - das Reden war immer unsere Heilung.

Erst recht jetzt, ein Jahr und eine zweite Schwangerschaft später weiß ich, dass du der Richtige an meiner Seite bist.

Wie oft du deine persönlichen Wünsche hinten anstellst, um bei mir zu sein und mich zu begleiten. Das habe ich nicht nur während unserer Zeit mit Hedi gemerkt, sondern auch jetzt in der zweiten Schwangerschaft. Du lässt mich nicht allein, um deinen Interessen nachzugehen. Du warst immer da und du bist es noch. Für uns und für unsere Familie.

Du gibst mir das Wichtigste, was ich in einer Beziehung suche: Geborgenheit! Ich habe bei dir ein zu Hause gefunden. Und ich weiß, dass das nicht selbstverständlich ist.

Du bist mein größtes Geschenk. Du zusammen mit unserem kleinen Baby und unserer unvergesslichen und wunderschönen Tochter Hedi... Ohne dich hätte ich diese Familie nicht. Danke.

## ANHANG

Ein paar Bilder unserer Geschichte...

Foto: Natalie Wurth Fotografie

Foto: Natalie Wurth Fotografie

Foto: Natalie Wurth Fotografie

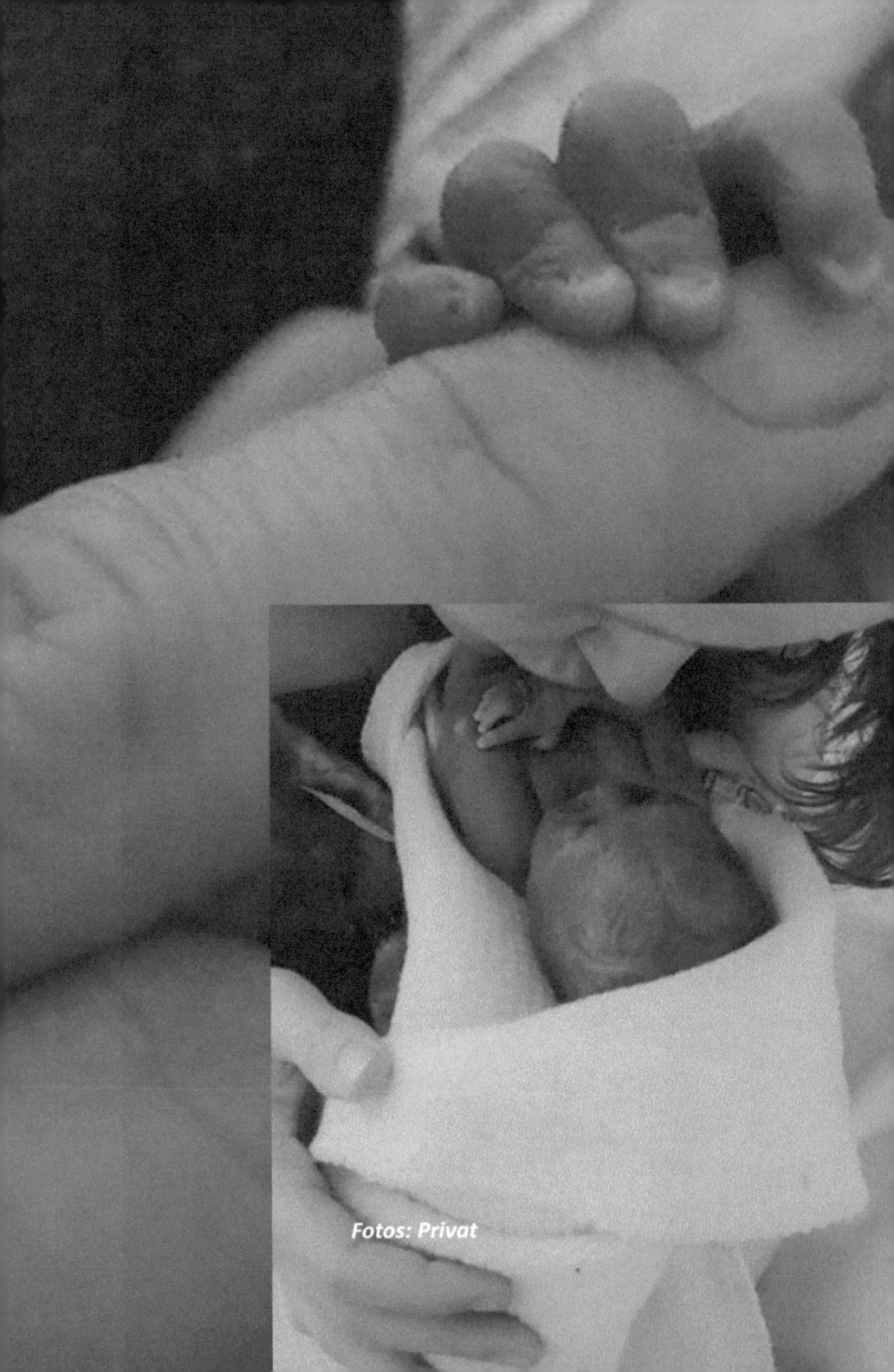

*Fotos: Privat*

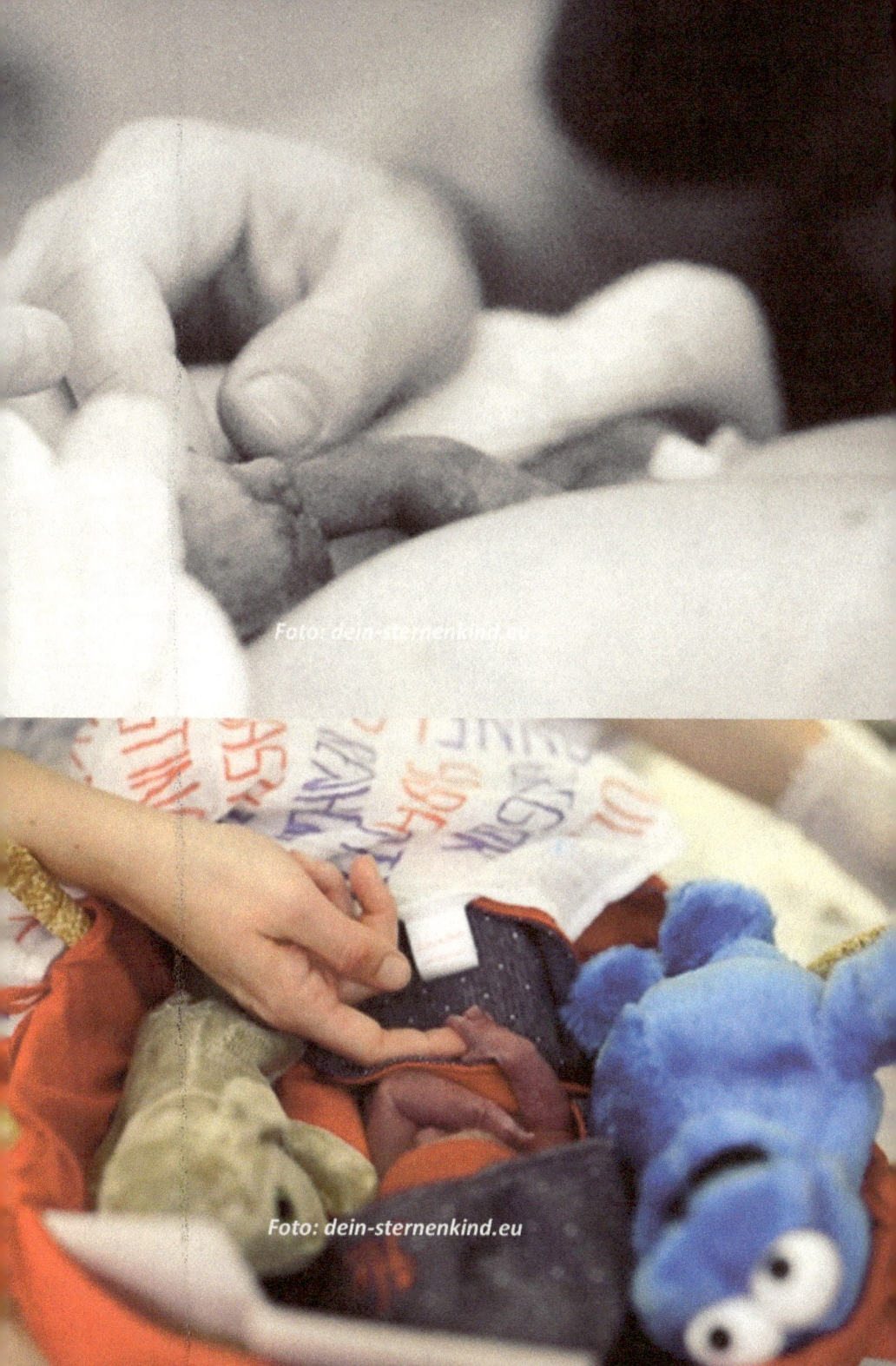

Foto: dein-sternenkind.eu

Foto: dein-sternenkind.eu

Foto: Privat

Dieses Gebet wurde bei Hedis Taufe im Krankenhaus gelesen und bei ihrer Beisetzung:

*Du warst ein Kind der Hoffnung. Die Liebe Deiner Eltern umhüllte Dich und ihre Fantasie schmückte Dein Leben aus.*

*Du warst ein Kind der freudigen Erwartung. Wie eine Blüte ging das Herz auf bei denen, die Dich voll Sehnsucht erwarteten.*

*Du warst ein Kind des Lebens. Deine Eltern wollten Leben weitergeben und sich selbst beschenken lassen.*

*Du bleibst dieses Kind. Du bist ihr Kind der Sehnsucht, das zu einem Kind der Trauer wurde.*

*Du hast sie nicht gesehen, den Glanz der Sonne und das Mondlicht. Du hast nicht in die leuchtenden Augen deiner Eltern schauen können.*

*Nun aber- so hoffen wir und wünschen es Dir- siehst du das strahlende, wärmende Licht des Lebens bei Gott, geschmückt mit all der Liebe, die Du schon erfahren hast und die Dich auch jetzt noch begleitet.*

*Du bist gesegnet, Hedi Katharina. Du Kind der Hoffnung, der Sehnsucht und des Lebens. Und mit dir gesegnet sei auch unsere Trauer um Dich.*

Zeitfracht Medien GmbH
Ferdinand-Jühlke-Straße 7
99095 Erfurt, Deutschland
produktsicherheit@kolibri360.de